背高泡立草

古川真人

集英社文庫

目次

背高泡立草　7
即日帰郷　167
解説　倉本さおり　184

本書は、二〇二〇年一月、集英社より刊行されました。
文庫化にあたり、書き下ろしの「即日帰郷」を加えました。

初出　「すばる」二〇一九年十月号

背高泡立草

背高泡立草

船着き場

　一体どうして二十年以上も前に打ち棄てられてからというもの、誰も使う者もないまま荒れるに任せていた納屋の周りに生える草を刈らねばならないのか、大村奈美には皆目分からなかった。また彼女は、草刈りに自分が加勢しなければならない理由も分からなければ、いや、きっとこちらから頼まなくても喜んで来るに違いないと母の美穂が独り決めしているらしい口調で、二週間前に電話口で言ってきたことも分からずにいた。その電話の際にも彼女はどうして納屋の草などを刈る必要があるのかと母に訊いたのだったが、そのとき返って来た答えに、まだ納得していないのだった。

そうであったから草刈りに向かうため、朝早くに一人暮らしているマンションの下に迎えに来た美穂の車の後部座席に乗り込みながら、昨日の晩に遅くまで起きていたため眠り足りない者の顔つきをして、低い、不機嫌な声で同じことを母に訊かないではおれなかったのである。「やけん、言うたやないね」と、細い路地から車か自転車でも飛び出してはこないかと前を見据えたまま、美穂は二週間前に電話で言ったのと同じことを言うのだった。「あんまし草茫々（ぼうぼう）やったら、みっともないいじゃんね」

「別に良いやん、草が生えてたって。誰も使わんっちゃけん」と、奈美はやはり少しも納得できずに言う。海辺に建てられた誰も見向きもしない古びた納屋——彼女のほとんど覚えていない祖父が生きていた頃には、漁に用いる網が堆（うずたか）く積み上げられていた、小さなバスが二台入るほどのだだっ広い建物だったが、網を積んでおく以外に物置として使っているわけでもなく、夏にでもなれば美穂の言う通り草が生い茂って入り口のシャッターに辿（たど）り着くのも難儀するため、いよいよ何かに利用するなど思いもよらぬことであったから、それをみっともないという理由で草刈りせねばならない必要がどこにあるというのか。「みっともないとか、意味分からん」

「良いやないね、兄ちゃんも手伝ってくれるって言いよるけん、すぐ終わるよ。奈美がぶうぶう言いよるあいだに姉ちゃんがあっという間にやってしまうよ」と、美穂は娘の不機嫌の原因を寝不足のためだと決めつけていて、そもそも何故納屋の草刈りをしなければならないのかという奈美の問いかけ自体には少しも興味がないという調子で――そして、その調子によってますます娘の機嫌を損ねていることにはまるで気がつかず――手伝いに呼んだ兄と姉の名を挙げた。

　だが、奈美はそうした言い方に誤魔化されないとでも言うように、なおも刈ろうが刈るまいが使い途(みち)などない納屋を大事なものででもあるかのように手入れする理由がどこにあるのかと訊きつづけるのだった。母が何か面倒な説明をしなければならないときになると、必ず用いる「良いやないね」という一言、これによって物事の大半を片付けてしまえると思っているらしい一言は過去の様々な場面で、実際に一再ならずその効力を発揮し、娘の問いかけを埋もらせてしまっていた。「ねえ、草刈りするって、なんでするとよ？　ちゃんと答えなさい、ほら、制限時間！」と奈美は声を張り上げて言うのだった。

娘があくまでも食い下がってくるのと、子供めいて強情を張る言い方に美穂は頬笑んだ。

それで彼女は仕方なく、奈美にとっては思惑通りに話しだした。運転をしながら美穂が言うには、彼女の実家がある島では、家屋や納屋や畑や庭といった、とにかく昔から暮らしている家にまつわる建物やその周辺は、できるかぎり修繕をして、荒れたままにしておかないようになっている。「島の村だけの話っていうか、どこでん、そういうもんやろ？」と、彼女は言ってまた話しだす。修繕には当然ながら畑や庭といった所有地に生える雑草をこまめに抜き取ることも含まれていて、それが何故かといえば、自分の敷地の中だけが荒れるならばまだしも、隣り合った他の者の家の土地にまで草が生い茂るのは迷惑なことであるからだった。もしも家屋やその周りに手を入れることのできない家があり（また事実そうした空き家が随分と多かった）、かといって田畑と一緒に家も納屋も放棄して、全く島から出ていってしまうというのでなければ、草刈り程度なら村の青年団が幾何（いくばく）かの謝礼で手入れをしてくれるが、頻繁に頼むのも、美穂に言わせれば「それも、悪かろうが？」ということになるのだった。そしてこの言い分の内にある含みについては別に奈美も敢えて尋ねようとは思わずにいて、「やけん、納屋なんかもさ、」と美穂は話を続ける。あまり草の生い茂っている場所だと誰かが電化製品や、どこかから出た鉄屑といったごみの類を棄てていってしまう。だからこそ折角まだ足腰の弱っていない者たちが家族に何人も居て、それが連休の一日を使って働けるのならば、どうであれ自分たちで草を刈ってしまえば良いではないか。

「ごみがあったって良いやない？」と、母の言うことをしまいまで聞いていた奈美は、もう不機嫌のためばかりではない素朴な疑問から言うのだった。「だって、綺麗にしたって、どうせ何もせんっちゃけん。ただ歩きやすい原っぱになるだけじゃん」「やけん、みっともないとよ。吉川の家の土地がごみだらけって、うちから出たごみじゃないのに、そがんなるやろ？」

一体どうしてこんな分かりきったことを訊くのか、という母の物言いに、やはり奈美は納得しないのだったが、しかし一つの単純な事実、母から明瞭な言葉が返って来ても来なくても、すでに自分が車中の人となっており、今更どうしようもできないこと、つい三十分前までは蒲団から離れがたく、よほど母に電話をして同行を拒もうかと思わせていた睡魔も消えてしまったことに彼女は思い至る。そうして、彼女はどうして依怙地になって母に草を刈る理由を訊いていたのかということ自体、早くも興味を失ってしまい、今も美穂が迎えに行くために走らせている車の後部座席で、やがて乗り込んでくる従姉妹の知香に、そういえば見せてやりたいものがあったはずだ、と携帯電話を取り出して素早く画面に指を這わせるのに没頭しだした。

「加代子に訊いてんない、姉ちゃんもお母さんと同じことば言うけん」と、美穂はこれから車に乗せて一緒に行く姉と、その娘の知香の暮らすマンションが見えてきたときに言った。

「いい。もう分かったけん」と、奈美は手に持った携帯電話から目を上げないまま言うと、それを耳にあてがった。「おはよう。もう下に着いとるよ」

「姉ちゃん？　知香や？　おぉい、早よ下りてきない」と、美穂は後ろに身体を捻り、それでも後部座席に頭をもたせかけて座る娘の持つ携帯電話にはまるで遠いにもかかわらず、大きな声を出して言う。

やがて美穂が道の脇へと停めた車に、どちらも同じような素材と色のスポーツウェアを着て、また同じように肩から鞄(かばん)を背負うように後ろに提げた、もし何も知らない者がちらりと見やっただけでも親子とはっきり分かる姿と顔つきをした二人組が、マンションの入り口から出てきた。「テニスにでも行くみたいな格好やん」と、後ろの座席のドアを開けて乗り込んできた従姉妹の知香のために場所を空けてやりながら奈美は言った。

「うちも半袖が良かったけど、草負けしたら嫌だから長いのにした」と、知香は座席に腰掛けてすぐに屈(かが)み込み、足の間に置いた鞄から携帯電話を取り出しながら言う。

「兄ちゃんから、もう高速に乗ったって電話来たよ」と、知香の母親の加代子は助手席のドアを開けるなり大きな声で言い、それから後ろの奈美の方を向いた。

「おはよう。あんたのお母さんは相変わらず朝から元気に叫びよるやないね」

「下から聞こえた?」と奈美は言う。

「違う、知香の携帯からたい。下りてこいって言いよるのがスピーカーからびりびり聞こえてきたよ」

「もう高速に乗ったって言いよったと？　早さぁ」と美穂は再び車のエンジンを掛けながら言った。

「うん、あんまり混んどらんって言いよった」

草刈りに加勢するため、自ら運転する車で先に島へと渡る船着き場へ向けて出発した兄の哲雄のことに触れた後、加代子は「朝から元気やない。昨日はちゃんと寝たとか？」と言った。

「ううん、ちょっとだけ寝た。だってさ、」と美穂は答えて、それからすぐに何人も人を乗せて運転をしなければならないというのに十分に睡眠を取っていないことの言い訳でもするように、また一方で姉に向かって、しばしば会話に挙げている人物の愚痴を言いたいらしく勢い込んで話しだすのだった。「タケからメールが来たのが何時やったと思う、十二時よ？　やけんさ、もうそれに返信ばせんといかんやろ？　お風呂も入られんで、エクセル開いて予定表ば見てさ……」

「録り溜めたドラマも観ないかんってやろうもん？」と加代子は妹の、不満を吐き出す口調に対して半畳を入れるように、口元に笑みを浮かべながら言った。

「でも、あれね。タケってもう婆ちゃんやろうもん。えらい遅くまで起きてるんだね」

「ううん、ドラマは観ながらでもメールは返せるけん……」と美穂は言ったが、その声を遮って「ミーちゃん、テレビ点けたらすぐ寝るやん」と、親戚の間での彼女の愛称で呼びながら知香が言ったのに、奈美も「そうそう。やけん、ドラマの内容がいつまで経っても第一話の記憶のままじゃん」と重ねる。美穂も、そう、だから何度同じドラマを観ても新鮮な気持ちで楽しめると言って、後ろの奈美と知香が笑いだした声を聞きながら愚痴へと戻っていくのだった。「すぐに寝られたら寝るとさ。でもパソコンで返信せんばやけん、横にもなれんで……ほら、連休明けまでに回さないかん連絡やけん、最終日の前日にすれば良いって思いよるとよ」

「十二時は失礼よ。うちやったらはっきり言うてやるよ、あなた失礼ですよって」

「失礼かろ？　姉ちゃんはそがんやけど、うちは、やけん、もう簡単にメール返して終わりにした。困っても知らんって……それでドラマの続きば観だした途端に……」

「失神するごとして寝たってやろうもん？」と、加代子は相変わらず口元に笑みを浮かべたまま言う。「それでも寝たなら良いたい。朝からバトルばしてきたよ、うちは。元気たっぷりに」

「昭くんと？　今朝はなんで喧嘩したと」と、今度は美穂が聞き役になりながら言った。

「他に誰が居ると、昭に決まっとるやないね。もう朝から腹の立ってねえ……」と言う加代子の口元には、やはり置き去りにされた笑みがあったものの、その口ぶりはまだついさっきに起こったばかりの争闘の記憶が蘇ってきたために刺々しいものとなって、またその目は、まるで相手がそこに居るかのようにぎらぎらと怒りに輝きだすのだった。「しかも、つまらんことば一々言うてくるもんやけんさ。おれのジャージを勝手になわしやがってって、そがんに言うけん、うちは知らんって言っても、いや、お前が勝手にどこかに仕舞い込んだに決まっとるって……」

「何ね、服のことで喧嘩ばしたと？」と美穂が言うが、すぐに加代子は遮るように――それが話の中ではまるで重要でないにもかかわらず――妹の言ったことを訂正する。「服じゃない。ジャージよ、ジャージ。それですぐに、お前と結婚したら何でもこうなるって言うけんね、こっちは出掛ける準備でばたばたしとって、もう、腹の立ってさ。ジャージ捜してやるために結婚したんじゃないって」

　美穂はそれを聞いて笑いだした。「ジャージば捜すために結婚したんじゃないって、言うたと？」

「言うてやったよ。叩きつけるごとして」

「叩きつける、が良い」と、姉の言葉を繰り返すとまた美穂は笑いだす、そう繰り返して、自らの口でも発してみるのが、いかにも快いことであるように。

　奈美は、母と伯母という姉妹が日頃から辺りに振り撒いている性向――つまり話せる相手が居ると一秒でも黙っていることができないという、ときによっては苛立ちもすれば、またときによって甘えて頼りにもしているこの二人の性向が、朝の挨拶を交わしたばかりだというのに早くも発揮されだしているのを、まるで疲れを知らない馬の忙しく交互に踏み出される脚でも眺めているような気持ちになりながら感じていた。

　母と伯母はどちらも、せっかちかと思えばだらしなく、またそうかと思えば、ここぞのときにはやるにしても諦めるにしても決着が良く、概してあまり悩むことがなく、とはいえ全く悩まないわけでもなかったが、それを自分一人の占有にして大切に扱うことを好まず、忘れっぽく、良く怒りもすれば笑いもし、何につけても言葉に出してみなければ気が済まず、大体のことに対してはずけずけと仮借なく物を言い、ことに臆病な態度、病的であること、お役所式の杓子定規、狡猾さ、度の過ぎた鈍さ、執拗さ、冷たい心根といったものに対してあからさまに嘲りの念を込めて笑うのに一切の遠慮を持たないが、善いことを褒めるにも少しも躊躇わなかった。では何が彼女たちにとって善いことかと言えば——ちょっと奇妙ではあったが——これもやはり笑いをもたらすものがそうなのだった。二人は口から出る言葉を辺り一面にどこまでも、ほしいまま繁茂させなければ気が済まなかった。静かに黙り込んでいること、物事のあらゆる面をとっくりと、またこもごも観照するために考えに沈んでいること——生きる上で不可欠なこれらも、彼女たちにとってはただ退屈な時間でしかないのだった。

そして彼女たちの娘である奈美も知香も、それぞれ程度こそ違うものの、こうした母たちの撒き散らす、爆ぜるような笑い声の途切れることなく続く雰囲気で育ち、馴染(なじ)んでいた。そうであったから奈美は前に座る美穂と加代子の下に向かって垂れた目や口と、それらを面(おもて)に繋(つな)ぎ止めておくために刻まれているような皺(しわ)のある横顔を眺めながら、それら全てが止(や)むところを知らないお喋(しゃべ)りのために動き続け、いわば現象としてそこにありながら、周囲に喧騒と笑みを撒き散らしている車中の雰囲気に自身も加わる内に、段々とうきうきとした気分になってくるのであった。

　会話は奈美が加代子と話すときもあれば、その話の最中にも美穂が知香に話し掛けるというような調子だった。話題も奈美と知香の会社の愚痴から（二人は同じところに勤めていた）、加代子の長く続けている趣味であるテニスのコートを借りるための手続きについての失敗譚や、美穂の健康の話のついでに知り合いの者が病気で倒れたことに触れ、加代子が同じ病名を公表した有名人の名を挙げると、すかさず知香が母の人違いを指摘して、奈美が携帯電話で検索しだしているあいだに、思い出したかのように美穂がまるで別の話をしだすといった具合であった。途中にある道の駅で一度休憩をした後も彼女たちは同じ調子でずっと喋り続けるまま、やがて船着き場のある港町に入ろうとしていた。

「ねえ、吉川家ってさ、いつからあの家に住んどったと？」と奈美は不意に、美穂と加代子のどちらへともなく訊いた。

「そりゃ、うちらは分からんに決まっとるたい、生まれてないんだから。敬子婆に聞いててんない？」と、美穂は言った。

吉川家というのは美穂の実家で、これから草を刈りに行く納屋を持つ家だった。納屋の他に家族の者たちが〈古か家〉と〈新しい方の家〉と呼ぶ二軒の家や、物置代わりに使っている建物なども所有していたがもう誰も住んではおらず、最後の住人だった美穂の母親の佐恵子が死んだ今では、父親であった智郎の妹で同じ集落の中に店を営む内山敬子という老婆が、吉川家に関係する者たちのいわば島での引受人ということになっていた。そもそも佐恵子は夫であった智郎との間に子供ができなかったため、生まれたばかりの美穂を敬子から貰い受けて養子にしたのだった。養子として吉川の家に貰われたといっても、美穂は幼い頃から、そして今でも産みの親である敬子の店に通っては菓子をねだり、また敬子の子供たちの哲雄や加代子とも、ただ住む家が違うだけの兄姉として接しながら育った。そういうわけだったから、吉川の納屋の草刈りについては、美穂が采配を振って段取りをつけたのであった。奈美の言ったあの家というのは、〈古か家〉のことだった。

「何ね、あそこの築年数でも気になるってね？」と加代子が後ろを振り向きながら言う。

「奈美がね、なんで納屋の草刈りばするとかって、朝から不機嫌に言うとよ」

「違う、もうそれは良いと。家のことを訊いてんの」と、母が加代子たちの来る前に車中で交わされたことのいきさつを蒸し返そうとしているのに気づくと、奈美は遮って言った。「違うと、加代子姉ちゃん、あのね会社でね、上司に連休は母の実家で草刈りをしなくちゃいけないんですよって言ったらね、実家は古い家なんですかって訊かれたけんね、いや、分からないですねって適当に言ったっちゃけど、だってお母さんが生まれた頃にはもうあの家に住んどったっちゃろ？」

「そりゃ、うちの生まれた頃から吉川はあそこよ。ほら、今は新しい家の建っとるところが、戦争の前は吉川があそこで酒屋ばしよったけんね。そこでお店ばしよって、それから引っ越したとが、その、古い方の家よ」

「やけん、具体的にいつ引っ越したの？」と、また奈美は訊く。

美穂はしばし考え込み、小さく唸(うな)り声を立てていたが結局「ううん、分からん。兄ちゃんに訊いてんない。もう船着き場に着いとろう」と言って、車に付いた時計に目をやった。

「兄ちゃんも生まれとらんやない。敬子婆に訊いてんない。知っとるよ、一番年寄りやけん」

そう加代子は言い、フロントガラスに差し入る強い日の光に半ば目を閉じて、庇(ひさし)代わりに額にやった手で陰を作りながら、対向車線の向こうに見えだしてきた船着き場の駐車場を見る。

「生き字引ってやつ？」と、奈美が知香に向かって、その言葉を愉快そうに笑いながら言った。

「そうそう、生き字引やけん……ほら、あれ兄ちゃんの車やろう」

「そがんごたるね……うちらが着く前に切符ば買っといてくれたらありがたいんやけどな」と姉の見る方向に同じように首を向けて、囁(ささや)くように美穂も言った。

美穂たちは船着き場の前にある駐車場に車を停めて、アスファルトから立ち上る焦げたような油の臭いと、埃(ほこり)と、それからまた潮のつんとした臭いとが混ざり合う蒸されたような強い日差しの中にそれぞれ降り立った。美穂と加代子の兄である哲雄は、彼女たちよりも少し前に着いていたようで、船の切符を売る待合所の自販機で買った缶コーヒーを片手に、日除けの屋根が覆う桟橋の傍の波止場をゆっくりと歩いていた。

二人の妹より背が高く、また円い胴体の二人よりも更に円く肥え太り、また更に二人のどちらよりも頭に白髪の多い年長者の哲雄も、それでもやはり二人と良く似た顔で、サングラスを掛けて海を眺めていた彼は、自分の方へと近寄って来た美穂の声に振り向いて「おう、早かったやないや？」と言って、切符の綴りを手渡した。そして妹が上げた歓声と「さすが兄ちゃん、気が利く！」という言葉に対し微笑を浮かべると、美穂に続いてやって来た加代子に向かって「さっきシュウジに会うたぞ」と言う。

「シュウジって、カワゾエシュウジ？」と加代子は言った。

「どこで？」と美穂も訊く。

「切符売り場でさ。ほら、あの車に乗っとるとが、そうたい」

島の知り合いと会ったと聞いた二人の妹は、すぐに哲雄の指をさした方向に停まって、自分たちと同じく船の到着を待っている車に顔を向けた。

「あら、久しぶりでも、顔の変わっとらんじゃん」、「ええ、どこが。変わっとるよ。ちょうど隣に停めたのに気づかんやったね」と美穂と加代子は、運転席に居てどうやらあちらも自分たちに気がついていたらしく手を上げてみせた古い知り合いの顔を見ながら、あれこれと批評し合っている。

「おう、寝坊せんやったか？」

日差しを避けようと帽子とサングラスを用意していたため、母親たちに遅れてやって来た奈美と知香に哲雄は言った。そして、二人の姪がほとんど同時に呻き声のような返事を上げたのに笑みを洩らすのだった。「電動の草刈り機があるけん、楽ちんよ。お前たちは何もせんでも昼過ぎには終わる」

「なら良かった」と知香は、日焼けはしたくないがこの暑さには辛抱ならないというように、まくり上げようかどうか迷いつつ服の袖口を手に持ちながら言う。

「ねえねえ、哲ちゃん」と奈美は伯父を愛称で呼んだ。そしてこちらを向いたサングラス越しの目に続けて話し掛けた。「吉川家って、あの古い方の家にはいつから住んでたの？」

　そのときちょうど、もう美穂たちが車を停めたときから遠くの海に見えていた船が、入港の合図に汽笛を鳴らしたのを聞きながら、「そりゃ、あれたい。オジジの……わがの爺ちゃんの爺ちゃんの十三郎が知り合いから買ってからやけん、いつや？　八十年よりか、もっと前になるっちゃないかな」と加代子が言ったのとは違って哲雄は自身も生まれていない頃のことを話しだす。

「知り合いから買ったと？　ほら、加代子姉ちゃん、哲雄おじちゃん知っとったやん」

　もう古い知人について話すのは止めて、また妹と別の会話を始めていた加代子に向かって、何故だか得意な気持ちを表しながら奈美は言った。「知り合いから買ったの？　ってことは中古物件やったと？」

「知り合いって、親戚やろうもん？　ほら、坂の上の、あの煙草の葉っぱを作りよった家やなかった？」と、さっきにはまるで思いださなかったことを兄に向かって美穂が訊いた。

「違う、あそこん家とはまた別に……オジジに家ば買わんねって言うてきたところがあったんよ」と、哲雄は自分が生まれていない筈の時代のことを、今しも見てきたように言うのだった。

「八十年前って、戦時中？」と奈美が言う。

「まあ戦時中やろうな。それけん、売ったとが百姓ば昔からしよった家やけんな、吉川のあの古い方の家も農家の造りばしとったろ？　こう、土間の広うして、入ってこっちんにきに（哲雄は右手を上げて横ざまに振った）農具やら何やらば置く場所のあって……」

話していた最中に、哲雄は駐車場の方に向かって手を上げた。それは、船に車を乗せて島へと渡る者はいつでも動きだせるように、車内で待機していてくれと船着き場の作業員が言いに来たためだった。そして彼は美穂たちと一緒に歩き出しながら、前を行く奈美に「敬子婆に訊いてんない。おれとおんなしことば言うけん」と言って、自分の車に乗り込んだ。

雄飛熱

坂の下に建っているためか、あるいは戸主が来客をよろこぶ性質で、誰かれなく付き合いをしては親交をむすんであったからか、良くひとがやって来ては二時間ほども話していく家だった。

夫の方は話し好きであったから、坂道から下りてきて、家路につくものを呼び止め、あるいは反対にこれから上がっていかねばならないものが、一息つくためになんなりと口実を作って、土間の上がり口に座り込むことをいやがりもしなかった。だが、妻の方はといえば、そうして腰を落ち着けてしまい、座敷にまで上がり、夕餉（ゆうげ）の時間が迫ってやっと帰ったかと思うと、さらに風呂を終えてから酒なり肴（さかな）なりを手に提げて再びあらわれる客人たちの相手をするのがたびたびであったから、どうにも疲れてしまうことが多かった。

さらに妻を困惑させるのが、そうした客のなかに、小学校の先生や警察官、駐屯する陸軍の兵隊やときおり島に入って来る海防艦の海兵まで居ることだった。彼らは総じて島のものにはない鷹揚（おうよう）な気風で声を荒らげるということもなく、村ではまず用いるもののない「わし」や「ぼく」などと自分のことを呼びながら、子供をあやしてくれもする、いかにも客としてあしらわれるのに慣れた、愛想の良い外の人間であった。そしてこの、島の人間とはちがって自身も外のひとであることを十分に自覚している、野良着や浴衣姿で見ることのない一張羅の男たちほど、応対していて気疲れするものは妻にはなかった。

夫婦は十年まえからこの坂の下の家で暮らしていた。次男だった夫が所帯を持つにあたって、妻の大叔母が住むこの家を買い、以来ここで子供を四人（そのうちのひとりは生まれてすぐに死んでしまったが）育て、実家から譲られた耕地から得られるもので暮らしているのだった。妻の大叔母には家族があったが、みな大阪に移り住んでいておらず、先の短い老婆を看取ることが暗黙の条件となって、夫は家を安く譲り受けたのだった。その八十がらみの、背も手足もかおもくしゃくしゃに縮んでしまいながらも耄碌するということもなく、赤子の世話や妻とともに裏庭の地面に座り込んで、漁師の家に売りに持って行く野菜の選別などをして日を送っていた大叔母も一年まえに死んでいた。長く住みついていた年寄りの居なくなるや、急にがらんとして見えだしてくる、家族五人で暮らしていくには持て余してしまいそうな暗く広い家のなかで、夫は訪ねてくるものを相手に昼の日盛りのあいだや夜が深まるまでの時間をつぶしていた。そうしてひとと話すうちに、彼は沸々と、自分はまだ四十にもなっていないのだ。一生、この広い家で暮らすのか、老いさらばえて、大叔母と同様に死んでいくのだろうか——こういった想念が湧き起こるのを感じ、それが急に不安となって夫の内に溜まっていくのを、しっかりと妻は観察していた、なぜならばこれがはじめてではなく、以前にも一度、夫が鬱屈を抱えだしてあらぬことを口走るようになり、どうにか説き伏せたものだったから。

ひとり目の子供が生まれてすぐの頃、まだ床上げもままならないで横になっている妻の傍にやって来た夫は、自分たちも大阪に出てはどうかと言った。「なんでね、こん家はどげんするときゃ（かい）？　大阪って、誰が行きたかちうて言うたと？　うちな、そげんなこと、ひとことも言わんやったつよ？」と、妻の方は夫がなにか冗談でも言っているのかと思って（そうでなければわざわざ具合のわるいときを見計らってなにを言いにきたのか、ほんとうに妻にはわからなかったのである）、提案にとりあわず、思いつくかぎりの疑問を投げかけた。すると、そのとき夫は何も言いかえさず、「うんにゃ。よか、言うただけたい」とだけつぶやいて引き下がった。しかし半月ほど経ったある日、やはりまだなかなか起き上がれはしないものの、それでも加減はようやくましになってきていた妻が、大阪の親類から出産祝いにと送られてきていたものの、電気蒲団などという見たこともない代物であったためについぞ箱にしまっておいたままであったのを、やっと取り出して座敷にひろげていたとき、夫はまえと同様に近くに来ると一家で満洲へ渡ろうと言った。

色をうしない、初めて出くわしたものでも見るような怪訝(けげん)な目つきをする妻に向かって、重ねて夫は言うのだった。自分は子供の頃から海を渡り、見たことのない世界を旅したいと夢見ていた。その熱病のように渇望していた夢も、おまえと結婚し所帯を持ってからというもの、ながく胸の奥底に秘めたまま、やがてあきらめてしまえるかと思っていた。だが子供が生まれたいま、自分はいよいよこのときをのがしたら、二度と外の世界も知らず年老いていくと考えると、どうにもあきらめきれずにいる――なおまた、夫は最近送られてきた妻の親類からの手紙を読んで、いっそう自分の野心をかきたてられずにはおれなかったのだとも――まるでその責任が自分ではなく親類にあるかのような口ぶりで――言う。

手紙には、最近の景気にふれて奉天で商売をするようになった知り合いのことが書かれていた。筆まめである親類のものによって大仰に書かれた、渡航者の裸一貫からの立身出世逸話集の趣がある文章のなかには、「もう東京に出ていくのではなく満支の大地が今の一旗揚げようと志す男にとっての青山」だとか「百姓商人は元より壮士山師騙りの輩にとっても冒険の甲斐ある新しい天地」だとか「借方貸方で余程まずくやらない限り今の処は失敗しないだろうと思われる唯一の開拓地」だとかいうことばがちりばめられていて、それが夫を、おめおめと島に居残っているうちに数多くの人間が富を築いているのだという、はなはだ根拠の薄弱な、だが漠然としているだけにかぎりのない焦燥へとかりたてたようであった。

妻は、かつてこんなに怒ったことがなかったというくらい怒った。彼女は断乎として夫の望みを拒絶し、みすみす自分と生まれたばかりの子、それから大叔母とを不幸に引き渡す愚行に従う謂れはないと言い渡したうえで、どうしても外に出たければひとりで行くがいい、そうすれば自分も引き留めはしないと宣言したのだった。妻の反対は功を奏した。みるみる意気消沈した夫はそれからというもの、島を出たいとも手紙のことも口に出すことはなくなった。だが、野心は消えず、心の奥深くにしまいこまれていて、いつかまた姿をあらわすだろうことを妻はわかっていた。

それからというもの妻は、夫の心の底に雄飛と成功を夢見る思いが気鬱の兆しとともに溜まっていくのを疑い、危惧していた。何気ないかおをして日々を過ごす夫の胸のうちには、自分に決して悟られぬよう折りたたまれた世界地図があり、夜のふとした瞬間になど、その地図をそっと開き、どこでなにを商えば成功者になれるか空想をたくましくしているにちがいないと彼女は考えていた。ウラジヴォストック……ああ、浦に塩と書く港町がこれか。近くにハルピンもある、ここもむつかしい字で書くはずだが、思いだせん……寒冷地では住みにくいなら、南洋群島は？　おなじ島でも、椰子（やし）の実がなっていて、海のどこに目を凝らしても陸地の影も見えず、若者たちが素潜りで鱶（ふか）を捕っているとかで、ここは暮らし向きもずいぶんとちがうはずだ。南米ブエノスアイレス、それにリオデジャネイロ……放っておくとすぐにも原始の時代の姿に戻ってしまう密林を艱難（かんなん）辛苦のすえに切りひらいた老人が、現地で生き神さまのように扱われているっていうのを、何かの雑誌か新聞で読んだ気がするが、ほんとうだろうか？　海南島というところはどうだろうか。それかマニラは？　バンコクは？　それともバタビヤは？

一日に数十万の人間が船で往来し、おれなどが一生かかっても稼げないような金を生む銅だのゴムだの錫だのが、これも毎日その土地の港を出入りしているという。いったい、どこに行こう？……夫が胸中でそうした皮算用をしつつ、けれども、あと一歩——自分を説き伏せて移住する決意に、なかなか踏み出せずにいることも、妻は分かっていた。いまは、かつて島の外に出るのを阻むべく、自分が持ちだした理由のひとつだった大叔母も居ない。

こうしたことから、妻は家にやって来る事情を知らない外のものたちが、夫の野心を刺激することを気軽な調子で言うのに閉口するのだった。そもそも、最初に夫を焚きつけたのも、外から赴任してきた若い男の教師だったのだ。その教師は二度ほど往来で見かけたのを夫が引っ張ってきてからというもの、親しくなったものの礼儀として夕食の時間に来訪し、以来たびたびやって来ては話しこんでいった。あるとき教師は、その頃まだ記憶に新しかった上海での事変のことや、あるいは幼少時代に住んでいたおなじく教師をしていた父親の赴任先だった朝鮮の思い出などを話していたが、どういう会話の流れであるのか、東南アジアは西洋人とインド人と華僑に牛耳られていて日本人が大手をふって商売をすることはむずかしいようだ、などと言って、夫の方もあいづちを打っているのが、酒の肴を用意している妻のところまで聞こえてきた。一方の若々しい声はまた、南米もよくわからないが、どうも経済が安定しないゆえに景気もまた上がり下がりの大きい、博打じみた商売をしなければならないらしく、それで身上をつぶした日本人がずいぶんあると話し、つづけて朝鮮と上海は日本の大会社だけがこの世の春という勢いで、彼らにせいいっぱい愛想を振りまいて日参すれば、すこしばかり仕事をおさげ渡しつかわす、などという僥倖もないことではないのだろうが、なにぶんにも、現地で幾らでも安い賃金ではたらく人間がいる。だから、なんの縁故もない日本人が仕事を探しにと行ったところではたらくだけ貧乏になってしまいだと言った。「ばってん、上海じゃ、また戦争ば、するとじゃすろけん、商売でも、よう考えてしぇんば、ならんて聞くばい」と、いたずらに島の外の人間に向けて聞きとれるよう意識した発音のために、かえって不自然なことばの節をもってしまい、妻の耳には滑稽な響きをおびて聞こえるもう一方の声が言った。「戦争するっち言うても長崎港に行ったら、毎日のごと混雑しとりますよ。われがちに上海行きの船に乗り込もうとして、それで券も持たんで乗るばかたれも居るもんだから警察官にしょっぴかれよる。あがんにぞろぞろ行ったところで貧乏するだけと思うばってんなあ……やけん、やっぱり、戦争なんてあってもすぐに終わるとが、みんなわかっとるんですよ。だいたいが共産党員の工場やら学校に潜りこんで騒ぎば起こしたのがことの真相だって、みんな言いよるでしょうが。やけんが、自分たち日本人にとっちゃ、ほら、対岸の火事ってことがわかっとるんだ」と、夫の疑念に対して、教師は酒が回りだしてきたらしい快活な声色で言うのだった。

若々しい声の持ち主である男は、のちに教師を辞めて島を去り、建国から三年目を迎えたばかりだった満洲国に渡ったという話を、しばらくして妻は村の知り合いを通じて聞いた。さらにそれから、いまは熊本で農民を対象にした海外植民の斡旋をする委員の職に就いているということを、こちらは定かでない噂として知り合いより聞いたのであった。

あのとき、夫の胸に種が蒔かれたにちがいなかった。やがてその種が芽吹き根を張って、身体の内側を疼かせてならないのだろう。そして種が落ちてしだいに根を張ったのは、あの宣伝に謳われる豊沃の大地、鋤でその表面をほんのすこし掘りかえしただけでもわかる、有史以来一度も人の手の入ったことのない、金肥をまるで必要としない黒々とした満洲の土壌であるのだ——そう妻が気づいたとき、というのはつまり、もう手遅れになっていたときなのだったが、ある日のこと夫は半日のあいだ家を空けてどこかに出かけていった。夕方になって家に帰り着いた彼は、いったいどこへ出かけていたのかと問う妻に折り曲げられたパンフレットを手渡した。「保証」と「案内」という文字が折られた半分の表紙に印刷されてあるのが、うす暗い居間のなかでも見えた。裏返し、満蒙(まんもう)の二文字があるのを確かめると、畑にも行かずに黙って平戸の役場に行っていた夫が、どんな言い訳をするのか聞き届けるべく、彼女は背中に赤子を背負ったまま畳に座り、自分と同様あぐらをかいた相手を睨みつけながら、ことばを待った。赤子は死んだように眠っていて、その静寂をたのみとしたらしい夫は、自身も穏やかな、まるでたやすい用事でも言いつけるような声で「もう頼んでしもうた。暮らされんて言うとじゃったら、帰ってこられんこともなかろや」と言った。

もう頼んだということばを、妻はきっと嘘であると見抜いていた。それで、常から用意していたことば、それを言うことによって、いつでも夫の熱に浮かされた状態に冷や水を浴びせかけて、平生の心持ちへと戻してやるべく——子供はどうする？　家も土地も融資も受けられるとはいえ、それでもやはり一からはじめなければならない点ではおなじではないか？　働き手はどうする？　雇うのならば、その元手はどこにある？　日本人の村で集団になって暮らすということは、ばあいによっては島のこの家でのものよりせせこましい暮らしになることもありえるではないか？　なにより、どうしてそういったことを考えずに、自分も子供も頭に浮かばずひとり外に出たがるのか？　そう、まくし立てるために用意していたこれらのことばを、どういうわけか自分もわからなかったが、彼女はとっさに言えなかった。ただ彼女は喉を鳴らすような声を洩らし、そしてそれが夫にとってはパンフレットに関心を示している頷き（うなずき）とも取れることに気づいて、「ばってん、そうやったら、電気蒲団はどうするとな？」と、このとき頭に浮かんだことばを、ふと思いつくままに口に出して言うのだった。夫のかおに、念願がかないつつある人間の、奥底からにじみ出てくる笑みを見て、「うちも村の役場に行って聞いてこないかんよ、なんもわからん」と慌てて言い添えた妻は、自分がどんなことばを言っても、それが夫に対する了承の意味を含んでしまっているように感じておぞけをふるった。

妻は、役場に行く道をできるだけ都合のわるいことばが聞けるよう期待をしながらあるいていた。その一方で彼女は、もしも満洲であの教師に会う幸運に恵まれたならば（県の委員ならことによると出張で満洲に行くこともあると考えたのだった）、こんなところに自分と子供たちを連れてきてしまいおって、と怒鳴りつけようと心に決めていた。

妻の実家を介して、近くに住んで酒屋を営んでいた男に空き家を買わないかという話が持ち掛けられた。男は、統制が厳しくなり酒類の販売がほとんど不可能となったのを機に、つい先ごろ酒屋の看板をおろしたばかりだった。それで、一階の部分に酒樽や醤油樽、焼酎の甕（かめ）や茶葉の缶などの置かれていた棚があるため、自身も入れて七人の家族が住むには手狭なものとなっていた家から、男は移り住むことに決めた。

引っ越してからというもの、しばらくのあいだ男は家族に向かい、ことあるごとに新居のあちらこちらを指しては——それがなにか必要な儀式ででもあるようにして——ほめていた。それはたとえば全体に頑丈な造りであることをほめ、以前の家と比べて隙間風のないことをほめ、やや古びてきている箇所もあるが整理のゆき届いているおかげでさほど気にならぬことをほめ、また屋根のために日中でも日陰になっていることが多いものの高い石垣に囲まれるようにして裏庭があるのをほめるという具合だった。さらに男は、このように家が保たれていたのは、どうやら気乗りしない様子で大陸に渡っていった妻と、そのまえから長く住んでいた老婆の暮らしぶりが良かったためだろうと言って、とくに後者のことが口に上るばあいには、七十になるまでは風呂上がりにかならず酒屋を訪れて、小さなコップに一杯だけ酒を注ぐよう言い、その場で飲み干していくささやかな常客であったことをつけ加えるのを忘れなかった。男はそうして建物やそこのかつての住人に対しての賛辞を惜しまないのとほとんどおなじだけ、こんなに良い家を捨て出て行くに及んだ夫を嘲るためにもことばを尽くすのだった。男の言い分だと、家や田畑はそこで住むものが維持して増やすものにほかならず、たやすく外でそうした機会を得ようという心がけなど、絶対に認められようもないことだった。それも、まだ若衆にも入らない歳の子供が家出同然に島の外へ飛びだすということならばないではなかったが、妻に乳飲み子までいる年齢のものがそのような熱に浮かされるのは、およそばかげているとしか思えない、男はこの考えを揺るがさず、また家族一同にも揺るがそうなどとはみじんも思わせない確信を表に出しながら嘲笑するのだった。

ところで男のことばを聞いている家族のなかには、息子夫婦の長男も居た。この少年は、祖父の嘲笑に傷つき、ひとに悟られぬようそっと悲しむのだったが、それはかつてこの家の主だった夫のためにではなかった。胸中ひそかに、自分も将来は島を出て世界を旅してみたいと夢見ていたのが、祖父の嘲りの声を聞くうち、きっと大きくなってそれを口に出したとき、避けられない衝突が家族にもたらされることを、この十歳になったばかりの少年は早くも感じとり悲しむのであった。

昼

島に着いたのは昼前だった。まず美穂の運転する車が、次いで哲雄の車が船から降り、島の船着き場の前の駐車場に出てきた。二台はそのまま島の村の、波止場に沿って通る狭い車道を進み、やがて一軒の建物の前に停まった。「内山商店」という看板が取り付けられたその建物が、美穂たちが島に来た際には三度の食事をし、また吉川の〈新しい方の家〉に泊まっていかない場合の寝床ともなっている敬子の住む家だった。「はい、降りない」と美穂は後ろに座る奈美と知香に言った。奈美たちが降りると、すぐに美穂は車を発進させた。それというのも家の駐車場が狭く、後ろの車道にはみ出すようにして控えて待っていた哲雄の乗る車しか停められないためであった。家から二百メートルも離れてはいない、特に誰の物とも定められていない駐車場に美穂が車を停めに行くあいだに、哲雄は空いた場所へと自分の車を停めて、この日の昼食にと福岡で買い込んでおいた食材が入ったバッグを後ろから取り出すと、もう先に行って敬子と話している奈美たちの声が喧(かまびす)しく聞こえる実家に入っていく。

「おーい、来たな。上がんない、上がんない」と、敬子は裏口の戸を開けて入ってきた哲雄に、加代子と、それに奈美と知香に対して言ったのと同じ言葉を、やはり全く同じ口調で言いながら、店から居間に上がる、夜の寝る際にはガラス障子で締め切る間仕切りの縁に背を丸めて腰掛けていた。

「うん」と、哲雄は敬子の横にバッグを下ろしながら言い、その中から缶ビールを取り出した。そして、「今から飲むてしよると?」とでも言っているような眼差しを向ける母の視線に答えるように、「あっちの冷蔵庫に入れる場所あるかな?」と訊いた。

「ビールは、あん野菜の、それか、ウインナーば入れとるとこの空いとるけん」と言って、敬子は店の中に置かれた、商品を陳列するための戸のない冷蔵庫の一角を指で示した。「わがと、加代子の二人が泊まっていくとやろ? 皆は泊まらんとやろ?」それから、以前から電話で伝えられていたことを確かめるべく、そう付け加えた。

「うん。奈美と知香は美穂の車で今日の夕方に帰る」と、ビールを冷蔵庫に詰め込みながら哲雄は言い、それから「お肉はこのバッグの中?」と台所の食卓に座っていた知香が、加代子に言われて食材を取りに来て訊くのに対して頷いた。

「君子蘭(クンシラン)の花が凄いね、こう、綺麗に咲いとって」と、車を停めてきた美穂が入ってきながら言った。家の裏口には、魚を捌(さば)くための流し台があり、また隣には洗濯機と物干し台が横に並んでいて、その後ろに鉢やプラスチック製のプランターなどが置かれてあった。鉢の一つに咲いていた蘭を草花の名前に詳しかった美穂は見つけ、まるでそれを手に抱えでもするかのように両手を動かしながら言うのだった。

「綺麗かろが？　あそこんにきは日の当たるもんね、それけん、ちゃんと咲くとよ」と敬子が言って、なおもそれから植えた花々のことを話すあいだにも、美穂は居間に上がり、台所から漂いだしてきた料理の匂いに鼻をひくつかせて、「早さあ！　姉ちゃんもう作りだしよるじゃん」と大きな声で言った。

「そうよ、早く食べな、あんたとお嬢ちゃんがたは夕方には帰らなけん」と、こういう、何か予め決められた用事のあるときになると、普段以上にせっかちになる加代子は火にかけたフライパンを扱いながら言った。

「どうしてまあ、大きか声で……」

姉妹の会話を聞いて敬子が呟くようにそう言ったのに、美穂はにっこりと笑ってみせた。

「家ん中用の声で喋りないってやろ？　ごめんごめん」と美穂は答えると、哲雄と「お嬢ちゃんがた」が座る食卓のある台所に入っていきながら、敬子には家の中に相応しい声量で話すと言ったにもかかわらず、「最初に餃子から焼きよると？　お肉からの方が良いっちゃない？」と、すぐさま先ほどと少しも変わらぬ大声で訊くのだった。

次々と食卓に料理が並び、美穂たちは早速それぞれ椅子に座り食べだした。とはいえ、まだ哲雄が持ってきたバッグは居間から台所の床に動かしただけで、中の食材を冷蔵庫に仕舞わなければならず、そのためには敬子が普段使っている家庭用の冷蔵庫の中を整理する必要があったから、加代子と美穂とが交代して、食卓の皿が空くごとに、バッグや冷蔵庫の中にあるもので料理を作るため、中座してまた流しやガス台の前に立つという慌ただしいものだった。そして、食卓の側のテレビの音（それは耳が少し遠くなっていた敬子に合わせた大きな音量をスピーカーから出していた）、椅子を引く音、食材が焼ける音や蛇口から水が出る音に、箸はあるか、余った取り皿はないか、お茶は冷たいのが良いか、醬油はどこか、とそれぞれが勝手に口から出す言葉や、スモークサーモンをサラダに入れるのを忘れたようだ、冷凍庫に入っていたこれはいつの魚だろう、今お客さんの声がしたのではないか、いや、どうやらテレビの声だ、といった誰に問いかけるでもない独り言めいた言葉が合間に挿し挟まれる通常の会話が主に美穂と加代子によってなされて、騒がしさも彼らが食べているあいだ中、食卓の周りを巡り続けるのだった。

哲雄が、テレビに顔を向けながら、映っているのがスポーツ番組であったことから「ばってんテニスも人気になったよ、おれらの頃は、島やら山村の、通うとる子供の少ない学校の部活やったもんな」と誰にともなく言う。

「何で子供が少ないとテニス部ばっかりになるの？」と知香が訊くと、すぐさま美穂が「あれよ、サッカーや野球は人数が揃わなでけんやろ？　でもテニスは試合は二人からできて、練習は壁打ちやったら一人でもでけるたい」と言う。

奈美は、だしぬけに、「ねえ敬子婆ちゃん」と隣に座る敬子に言った。「吉川の家ってね、哲ちゃんが言ってたんだけどね、農家の造りをしてるの？」

「家が何がしよるって？」と、肉を嚙み切るのに専念していた敬子は奈美の言ったことが良く分からずに訊き返す。

奈美は再び説明した。船着き場で哲雄が吉川の家の造りについて得々と話していたこと、「敬子婆に訊いてんない。おれとおんなしことば言うけん」と言っていたことを、年寄りの分かり良いようにゆっくりと彼女は話した。

「おお、十三郎さんの、農家から買うたってね。そうたい。あん家の前は、酒屋ばしよったけんな、こう、一階は全部お店やったつよ。それけん、まちっと広か家に越そや、ちうて、知り合いから買うたと……農家さんやったけんかれ、土間の広かろが？　鍬やら千歯扱きやら、そがんとの入れるところのあってね……」

哲雄の言った通り、同じことを言いだしたのに内心で面白がりながら奈美は聞くのだった。

「土間の広かけん、戦争の終わってから、朝鮮に帰る人たちの乗っとる船の難破して、漁師さんたちの助けたときも、うちの土間にそん人たちば入れたことのあったとよ。あそこん土間のところに台所のあったけん竈やら七輪で火ば焚いて、芋の入ったお粥ば作って、服ば乾かして……」

そう敬子が話していると、美穂たちのどっと笑う声が起こった。

本来の家の主である敬子は、食卓の端——店の方から台所が見えるのを遮るために下げている暖簾の下の方から、いつでも来客があるのか向こうを確かめられる位置に腰掛け、子供や孫たちが皿に置いてくれる料理を少しずつ食べているのだった。彼女は美穂たちから、あるいはテレビの方から大きな笑い声が起こると、その度に皿から顔を上げ、あの、老人に特有の不思議な眼差しで、笑うような出来事があったのならばそれが何に起因するのか、答えを探すように誰彼なく顔を見回した。そうしたときには、たいてい奈美と知香のどちらかが、もう八十五を過ぎた敬子に向かって何が可笑しいのか――たとえそれが、今年からテレビに出始めた芸人の話題や、到底年寄りの知り得ない流行りについてであっても構うことなしに――説明してやるのだった。

「ああ、そうやったつ。それけん、笑い転げよるとたぃ」と、このときにも笑い声を聞いて顔を上げた敬子は、すぐに孫たちの説明を受けて言う。

美穂たちが笑っていたのは、部活の会話からふと子供の頃に流行っていたことを思いだした哲雄が、一つ二つ話した逸話を聞いたためだった。

「流行りよったけん、おれだけじゃのうして、皆やりよったよ」と、妹たちに加えて知香と奈美（敬子の話を聞いていた彼女はすぐさま美穂たちの笑い声から会話の内容を察していた）の笑みを含んだ眼差しに弁解するように哲雄は言った。

「学校で遠足やらに行ったときは、皆あのポーズで写りよった」

「いつもシェーばっかりやりよったと？　それで遊びよったと？」と奈美が訊いた。

「シェーは写真のときだけたい。遊びって言うたら、コンバットって、そがんドラマがあって……知らんやろ？」そして哲雄は突然に手を耳元にやり、もう一方の手で口を覆う仕草をして言った。「チェックメイトキング！　こちらブラック、どうぞ、応答せよサンダース軍曹！　そがんして同輩と真似て遊びよった」

「そう。学校の行事でどこやらに遠足に行くじゃろが？　そのたんびに写真の送ってくるとばってん、いっつもおんなしで、洟ば垂らすごとして笑っとって……」

　そう言って敬子は不意に自分自身の言葉によって笑いだす、それによって孫たちの笑いを誘いながら。

「敬子婆ちゃん、自分でうけよるじゃん！」とつられて大きく口を開けて笑いだした知香は言った。

「もう、ご馳走さまばして動きだそや。早よせんと、日が暮れるけん」と加代子が言って、空の皿を流しに運ぶため立ち上がった。それを合図にして、他の者たちも皿を寄せたり重ねたりしはじめた。哲雄は自分の座る位置の後ろに置かれた、新品の草刈り機の柄の部分を摑み、重さを確かめるように持ち上げた。

　このところ敬子は、以前にもしばしばあった高齢から来る身体の不調を訴えることが一層多くなり、そのため美穂たちは都合をつけて二人か三人で一緒に、あるいはそれぞればらばらに、彼女のもとを訪れて平戸の病院に連れていくのが習いとなっていた。またそれ以外につい最近にも、便所を汲取(くみと)りから水洗にする改築工事に立ち会ったついでに泊まっていったりと、その刻限の近づきつつある未来までの時間を、子供たちはなるべく共に過ごそうとしていた。草刈り機は食卓の片隅の食器棚にもたせかけるようにして置かれているのだったが、これも、半月前に哲雄が母を病院へと連れていくため訪(おとな)った際に買っておいたものだった。

　食卓の上が片付いてしまうと、美穂たちはいよいよ草刈りに向かう準備に取りかかった。軍手や枝切り鋏(ばさみ)や鎌やごみ袋といった、作業に必要な道具類を、美穂たちは店の裏口の通路に並べだすのだったが、なおこれらの他に福岡で買っておいた熊手やプラスチック製の手箕(てみ)なども、哲雄の車に積んであった。準備のあいだにある者は洗面台に行って首に巻いておくタオルを取ってきたり、またある者は日焼け止めを塗るために居間の畳に座り込んだ。

　半袖のシャツを着ていた美穂は蜂や虻が寄って来ないようにと、効くのかどうか半信半疑ながら、やらないよりはましだろうと敬子の家に置いてあった蚊除けのスプレーを腕や首の後ろ、また半ズボンから伸びる脚に振りかけ、姉の脚にも同じようにした。草刈り機を肩に担いだ哲雄は一足早く外に出ると、停めた車の側で果たしてちゃんと動きだすのか、試しにスイッチを入れる。「連続しての使用は三十分……」と、彼はスイッチを切ると草刈り機に貼られた注意書きのシールを声に出して読みながら、立っている場所からそろそろと三歩ばかり横にずれた。それはゆっくりとバイクが走ってきて、哲雄の車があるため狭くなった店の裏口の前に停まったからだった。

「おいしょ……」と一人呟きながら——けれどもそれが哲雄に聞かれているのは承知してもいる様子で——バイクから降りた老婆は、「もう朝のうちから、ほめきよるもんやけんねぇ」そう哲雄に挨拶をすると店に入っていく。

「うん、こがん暑かもん」と、哲雄も早くも自分の横を通り過ぎて店の薄暗い通路を歩いていく老婆に応じた。「はあ、来るだけで苦労するけん……」——老婆はまた一人呟くように言って、どうやら通路に置かれていた草刈り用の品々を跨ぎ越しでもするらしい「ほら、あぶなか」という声を出し、ガラス戸を開けて店の中に入っていった。

老婆と入れ替わりに、奈美と知香が表に出てきた。二人の手には錆の浮いた裁縫鋏と、やはり古びた、持ち手にテープの巻かれたカッターナイフが握られていた。「奈美とうちは敬子婆ちゃんの手伝いばしてから来いって」と、車の側に立つ哲雄に、知香は言うと、通路の脇にある店の商品を保管してある倉庫に奈美と二人して入り、何やら話しながら空の段ボール箱を潰したり切ったりしだした。

車の中に籠もった熱気を外に逃がそうとドアを開けた哲雄は、車内に運び入れるため通路に置かれた道具を取りにいきながら、店の奥で客の立つレジの前によちよちと腰を曲げて歩いていく老母の姿をガラス戸越しに見ていた。それから彼は、やがて上がり口から顔を出した美穂が、敬子と何か話してから店の冷蔵庫に向かい、遅れて出てきた加代子が、買い物を終えた老婆の方に顔を向けているのを眺めていたが、やがて大きな笑い声を響かせて「そしたら、行ってくるけん」と美穂が言ったのを聞いて、運転席に乗り込んだ。

「お待たせしました。行こか」と、両手にペットボトルの飲み物を三本抱えた美穂が足早に歩いて来て後部座席に乗り込みながら言った。「うちらを見てさ、あのお婆ちゃんが言うたとがさ、草刈りばしてくるってうちらが言うたら、よかね、若者が家に居ってって、そがんに言うけん、姉ちゃんが……」そして、軍手やタオルといった細々とした物を持って美穂の横に座った加代子を指して笑うのだった。

「ああ、うちが何て？」と、後部座席のドアを閉めた加代子は言う。

「うんにゃ。さっきの婆ちゃんに姉ちゃんがさ」

加代子も口元に笑みを浮かべた。

「ああ。若者が家に居ってよかねえ、って美穂に言うけん、うちが、全員爺婆(じじばば)ですよ、体つきが立派けん若く見えるんですよって言うたら、わがんごて若っか者が爺婆やったら、うちはとっくに火葬されて墓に入っとる、ってあの婆ちゃんの言うとよ！」

哲雄は鼻を鳴らして笑い、エンジンをかけた。

動きだした車が方向を船着き場の方に転じたとき、美穂は窓を開けた。「ちゃんと後で来ないよ！」と、倉庫の中から自分たちの方に顔を出す奈美に叫び、返事を待たずに発進する車の中で、彼女は作業をする前から笑い疲れたというように持ってきたペットボトルのうちの一本を開けて飲みだした。

芋　粥

さあ、たいへんなことになったぞ、と彼は思った。

水が船に流れこむたび、怒鳴り声や悲鳴が短く響いて、ついでその場に居る者たち全員が右や左に倒れた。はじめのうち、彼は木組みの出っ張りや床に打ち付けられた板を手で摑み、周りの者たちの揺れうごくのに抗っていた。けれども流れこんでくる海水で頭の上から足の先までびしょ濡れになった頃には、もう他の者たち同様、彼も船が大きく上下するたび誰かの上に覆いかぶさり、また誰かに息ができないほど覆いかぶさってこられるのに耐えているしかなかった。大きく上にのぼっていくような感覚があったかと思うと、狭い船内の四方から「ザザザザ」という波の音が聞こえだす。それを聞くと身を寄せ合う者たちはみな身体をこわばらせる。つぎの瞬間には乱暴に振り回されるのがわかっていながら、それでも、じっとその場からうごかないようにしようと全身に力を込めずにはいられないのだった。そして、なにもかもが真っ逆さまに落ちていく。耳を押しつぶしてしまうのではないかと思うような巨大な音の塊が真っ暗な船内に満ち、転がりまわるひとびとの上から海水が注ぎ入ってくる。

外に出るための艙口(そうこう)には、覆いの布が四隅を紐で縛って被せられていたが、海の水が入ってくると端の方がふくらんで、そのたび中に居る者たちを濡らしながら、同時に、曇ってはいるがそれでも明るい空をわずかな時間だけ、暗がりにうずくまるひとびとに垣間見せた。出口の真下に座っていた彼は、水が流れてくるそのつど空を見上げた。一面の雲のどこかに紅色が混じってはいないか、夕暮れの兆しがあるのなら、それは時の経過にほかならず、やがてこの苦痛でしかない時間も終わり、航路さえまちがえていなければ釜山に着くのだ。——この、なにもできず一方的に打ちのめされているような航海で、彼はただそれだけを頼みの綱として、何度でも布の隙間から覗(のぞ)く空を見上げていたのであった。そうだったから、とつぜん隙間から見えていた景色がうごき、真っ黒いものがそれまで空だったものを覆ってしまったかと思うと、ちぎれ飛んだ布を押しやって大量の海水が流れ入ってきたとき、彼はなにが起きたのかわからずにいた。つぎの瞬間、彼の身体は、それまで背をもたせかけていた壁板に突っ伏していて、誰かの手足と水で揉みくちゃにされていた。数十本の腕が水を掻いたり叩いたりする音の響く真っ暗闇の周囲からは、誰かの笑い声（あるいは泣き声であったのかもしれない）がして、また「出ろ！」や「上がれ！」という若い男たちの怒鳴り声も聞こえている。思いきり誰かが彼の頬を蹴り、また彼も誰かの背中を蹴った。そして彼は光が見えたから、その方向に立ち上がろうとして前につんのめり、頭を堅い木の枠にぶつけた。その拍子に、思わず額に手をやろうとして腕を上げたとき、自分が真っ暗なところに落ちこんでいくのに気がついた。無我夢中になって両腕で水を掻き、横ざまに倒れたらしい船の縁をくぐって海面にかおを出したとき、彼はついさっきまでわずかしか見えなかった、あの船内から見ていた曇り空が、自分の頭上いっぱいに、しかもまぶしいほど明るくひろがっているのに驚いた。必死で足をうごかし、なにか摑まれるものはないかと手で辺りを探りながら、まず彼の胸に思い浮かんだのが、さあ、たいへんなことになったぞ、ということばだった。

戦争が終わってから数日と経たないうちに、彼の居た工場の中ではさまざまな噂が飛び交いだした。日本人の十五歳から六十歳までの男は、みなどこか南の小島に連れていかれてしまうから間違われないようにしなければならないとか、アメリカはもうすでにどこかの国と戦争の準備をはじめているらしく、日本人の男たちは今度はかつての敵だった彼らに協力して、厳寒の土地で破滅的な持久戦に駆り出されるとか、あるいは新しい国をつくる準備がおこなわれているといった話を、彼は仲間たちから聞くのだった。こうした噂のうちのいちばん後者のばあい、さらに死んだと伝えられていたはずの、そして新聞にもそう報じられていたひとびとの名前を挙げ、国境沿いに潜伏していた彼らが凱旋した故郷では自由区が生まれていて、そこで来るべき建国への準備が急いでされているらしい、といったことも付け加えられた。

彼はそれらの噂の中から、もっとも自身にとって知りたいこと、つまり、日本人がどこかに引き去られるにせよ砲撃の餌食になるにせよ、また自分が建国の記念行事に参加するにせよ、とにかくそれら噂が実現しているであろう時点までに故郷に帰り着く手段はあるのか、という点を仲間にたずねるのだった。しかし、この点に話が及ぶと、それまで盛んに飛び交っていた噂話は、ぷっつりとやんでしまうのが常だった。どうして誰も帰国するための手段に言及しないのか、彼はやがて、まさに釜山に向かう船に乗せてやるという話が持ちこまれたときに、誘ってきた男の念押しするような「港に向かう日の朝までなんにも知らないっていうかおをして過ごすんだ。乗りこめる人数には限りがあるんだからな」と言うことばによってその理由を知った。

ある日の夕方、彼は自分についてこいと言う男と共に工場の粗末な寮を出発した。途中に立ち寄った一軒の家の納屋で短い休憩をしたさいに、別の男に引率される、彼同様に船に乗りこむべくどこかからあるいてきた者たちと合流をすると、それからはひたすら、海に面した、藪ばかりつづく山沿いの道をあるきつづけ、日の出まえに小さな漁港に辿り着いた。数えるばかりの家と、おそらくは漁具を置くための倉庫が波止場を囲んで建ち、建物のすぐ後ろから覆いかぶさるように山の麓が迫る、まるで隠し田のような港の中を、彼はほかの者たちといっしょになるべく音を立てずあるいた。波止場のはずれまで来たとき、先頭をゆく男が暗がりに向かって手を上げ、それから、「五人だ、もう最後だな」と、故郷のことばでささやくように言った。

彼が目を凝らすと、暗闇の中であお白い首が傍に泊めてある船の舳先からこちらを覗き、どうやらかねて申し合わせていたらしい合言葉か何かを引率者が言わなかったことに不服な声で、「おい、船名を言えよ」と言うのだったが、そのとき声の主の腰辺りにちらちら赤い光がうごいていることから、相手が煙草を吸っているのに彼は気づいた。「ただでさえ狭いんだから、身体を折りたたんで乗ってくれよ……それにしても多すぎるよ!」と、彼がほかの者たちとともに船の近くに来たとき、待っていた男はそう言って煙草を海に捨てた。

彼は辺りを見まわした。転覆した船を囲んで、波の上下するのに合わせて大きく上がったり下がったりを繰りかえす幾つものかおが目についた。また海面のあちらこちらに、布切れや靴が散らばって浮かんでいるのも見えた。それらの向こうには瘤のようなかたちをした雲の一面に覆う空があり、その下、ずっと遠くに、泳いでいくことなど思いもよらぬほど距離があったが、しかしもし自分が命を拾うとすれば、どうでも辿り着かねばならない唯一の陸地である島が見えていた。

さらに彼は周囲を見渡すが、ほかにも見える島はどれもここからは遠く、薄霧の向こうにけむる影として見えるばかりだった。そうして島を見つけながら、決して泳いでいくことはできないと感じ、しかしあきらめてこのまま死ぬよりほかにないとはどうしても信じられず、決断できないまま船体から手だけは離さぬようにしていると、頭上で大声をだす者があって彼は見上げた。浮かぶ船の腹に、うつぶせになるようにして乗る若い男が、彼からは見えない何かに向けて、ひび割れたような声を張り上げているのだった。彼も、よじ登るようにして船に上がった。隣に来た彼には気も留めないで、男はだいじょうぶだろうかと一瞬間だけ逡巡しているようだったが、やがてそろそろと中腰になって、海の向こうに片手を上げた。「気づいてるかな？　気づいたみたいだな？」――もとの姿勢にもどった男はつぶやくように言うと、そのときはじめて隣に腹ばいになっている彼の存在に気がついたらしく、洟をすすりながら腹だたしげに叫んだ。「そうあまり身体を揺らさないでくれよ！」

四艘の船が助けにやってきた。小さな、広い海のうねる水面(みなも)のうえでは頼りないほど小さい漁船ばかりだったが、そこに乗っているのはみな肌の真っ黒に日焼けした、頑強な漁師たちであった。時化の気配がいくぶんかおさまってくるのを見た彼ら漁師たちは、海の荒れたあとは大漁か、そうでなくともいつもより大きな魚が水底から浅いところまで上がってくるという経験にしたがって沖へと漕ぎだしていたのだった。そもそも天気が変わりやすく、海の荒れがちな季節であり、きょうにしても、ほんとうならば翌日まで待っていたほうが危険を避けられるのだったが、やがてくるだろう復員兵たちの波の、まずは予行演習とでもいうように、勤労動員で佐世保や長崎にやられていた若者たちが、続々と敗戦の詳報と不穏な噂の数々と、そしてなによりも空腹に堪える身体をたずさえて帰ってきたため、島に食料が足りず、予定を前倒しするようにして漁に出てきていた。

若者たちと入れ替わりに駐屯していた兵隊の姿がなくなったのは、つい最近のことだった。哨戒のための櫓も、兵隊の寝起きしていた建物も、そのまま残されていて、ただ山腹に据え付けられていた砲台と弾薬だけが急いで処分されていた。戦争が終わってから日の浅いこともあり、また波止場では混雑が連日のように生じた結果、総じて島の者たちには、浮足だってはいながらもそれまでとなにも変わらない感覚と、なにかが外からやってきて、根底から自分たちの暮らしを脅かすのではないかという漠然とした不安の入りまじった感覚が根づいていた。そのため、難破した船と、その周囲に浮かぶひとびとを見つけたとき、漁師たちはごく短いあいだではあったが、おそれていたことが起きた——島を目指してやってきたアメリカの船か潜水艦にでもやられたのではないかと考える。しかし、すぐに彼らは、戦争のあいだに染みこんだ感覚よりも、さらにずっと古い——そして、その古いということによって一も二もなく行動に移っていける——水難には浦の者総出で対処しなければならないというしきたりを思いだした。そのことを思いだすや漁師たちはこの日の漁をすぐさまやめると、鯨が腹を見せて浮かんでいるような姿の船に向かっていった。そして、早くも縋(すが)りついてくる者を引き上げてやり、辿り着こうと懸命に泳いでくる者には鳶口(とびぐち)や長い竹の柄のついた玉網(たもあみ)を差し伸べるのだった。

　漁船に這いこむようにして上がった彼は、自分の命が幸運の側へとたくされたと気がついた。というのも、彼を船の中に引き上げた漁師が別の船に向かって何か大声で叫ぶのだったが、それまで聞いたことのない、よく聞き取れない島のことばだったにもかかわらず、もう満員だからいったん陸(おか)にもどろうと言っているのを、声を発したと同時にした腕のうごきによって察したからであった。そしてまた彼は、船に辿り着くことができず、どんどん遠くのほうへ流されていく頭が海面にいくつもあるのを見ないよう首を低く垂れた、それで流れていく者たちから身を隠そうとでもするように。

　彼を乗せた漁船が左右に揺れながら、最後にもう一度だけほかに助けられる者はないか、というように転覆した船に近寄り（じっさいは波で引き寄せられただけだったが）、やがて島へと方向を転じた。そしてしだいに島に生える木々の枝葉や、港に建ち並ぶ家の瓦やバラックの屋根の色さえもが見えてきだしたとき、どういうわけか彼を助けた船だけが、そのまま湾に入っていかず、島の縁をたどるようにのろのろと進みつづけた。そしてしばらくそのまま海上をゆき、別の港へと入っていく。自分の後ろのほうから、助けられた者のひとりが、「さっきとはちがう村の船で、漁場がいっしょだったんだろう」と、納得したようにだれかに言っている声を彼は聞いた。

　船着き場で彼を迎えた、あお白い首をした男がこの帰還のための主導の役を担っていた。男は船の用意にはじまって、ひとを集めるための連絡の手段まで独力で用意したようだった。それを彼が知ったのは、出航のまえに男自身がそう話したのと、男の周りではたらく者たちの会話を聞いたためだった。男は船に乗りこんだひとびとに向けて、航海のあいだと釜山に上陸してからは、自分の指示に万事従うよう言った。もしだれかひとりが迂闊な行動をとって、それがアメリカの兵隊にでも見つかれば面倒が起きかねない、悪ければ日本に戻されてしまう、それがいやならば――「まず身をひそめられるところにいっしょに行こう。それから、三日もかからないうちにおれたちを呼びにくる者と落ち合う手はずはつけてある。ちゃんと飯も出るはずだから」と男はつづけるのだった。

そう話す男の傍には、船に乗るひとびとの中でただひとりの女が立ち、片方の腕には、まだ五歳にもならないだろう、幼い子供がいまにも泣きだしそうなかおをして縋りついていた。はじめのうち、眠り足りないのか、それともこれからどこに行くのかもわからず船のうえに居るのがおそろしくてならないために、泣きそうなかおを子供がしているのだろうと彼は思っていた。だがすぐに、小さな垂れた眉やしょぼしょぼとした瞳が、ぐずりはじめる兆候ではなく生まれついての表情であるらしいと、それが傍で話す男のかおつきと瓜(うり)ふたつだったことから気がついた。こんなに似たかおの親子もいるものなんだな、と彼は思ういっぽうで、どうやら大きな運動の中に船上の者たちを抱きこもうと考えているらしい男のことばに、「ついていきたいやつらはどうなりご勝手に！　ところが、おれは鎮海(チンヘ)の生まれなんだ。あるいてだって帰れるところに家族が待ってるっていうのに三日もいられないよ」と、胸のうちで応じるのだった。

船が釜山港に着いたら、どうでもこの一群から離れ、あとは後ろを振りかえることなく郷里に駆け戻る。工場を抜けだしたそのときから考えていた計画が狂ってしまったいま、どうすればいいのかと助けられた漁船の中で考えこんでいた彼は、自分のすぐ近くに座る子供の存在にも、ほとんど気づかずにいた。またおなじように、ほかのひとびとも子供には気づかずにいるか、あるいは気づいていないふりをしていた。なぜなら全員が、いますぐ倒れこんでしまいたいほど疲憊(ひはい)していたからで、あの演説家の父親と母親はこの子を置いてどこに行ったのだろう？　という疑問や、同情や憐憫の情といったものを心内で振り起こす気力さえひとびとには残っていないのだった。

段になっている波止場に船がつけられた。段の上の道からは、すでに連絡を受けていたものと見えて、何人もの男女が立ち、すし詰めになっている船上のひとびとを眺めていた。漕ぎ手の漁師が、上に向かってなにか叫んだ。と、男女はどこかを指さし、漁師に向かってなにやら確認するように言い、どこかへと小走りに駆けだしたひとりに腕を大きくひろげて見せた。その様子を見ていた漁師は、波止場の段の部分に乗り上げるようなかたちで海に突きでた木組みの足場に、船を繋ぎ止めた。腕で縄を持ち、片足を足場にかけて、それで船が揺れないようにした漁師は、全身が真っ黒になったようなずぶ濡れのひとびとのほうを、さてどう言ったらいいものかと逡巡するような目で見ていたが、その動作で意味を了解したひとびとが立ち上がり、ぞろぞろと下りていくのに安堵したらしく、「ほい、急がんでなよかけん、ほい……」と、船から降りる者たちの靴を履いていない足が縁を跨ぐのに合わせて繰りかえし言うのだった。

波止場の上の道に出ると、男女にまじって軍服を着た男が立っていた。そのために、はじめ、ひとびとのうちに絶望的なことが起こってしまったのではないかという不安がひろがったが、すぐにその男の服は、兵隊のものでなく戦争のつづいていた頃には日本人の男たちのこぞって着ていた国民服だとわかった。男は、自分の服装が助けられた者たちに動揺を与えたことにはすこしも気づいていない様子で、「災難で。くたぶれたでっしょうが」と言うと、道から散りだした男女といっしょにあるきはじめた。そして、だれについていくべきか戸惑いながらも、ともかく国民服の男の後ろを、ひとびとは波止場のまえに建つ家々を眺めながらあるきだした。ひとびとの最後尾に彼もついていくのだったが、このとき、先を行く者たちの濡れた服や、白い裸の踝（くるぶし）のあいだに、小さな子供の姿があるのを見つけた。しかしすぐに彼は「親はきっと、別の港に入っていった船に乗っているんだろう」と胸のうちで自らに言い聞かせると、これからどうすればいいのか、と漁船に乗っていたときから考えていたことに再び没頭しだすのだった。

波止場に面した道から、家の建ち並ぶ小道に入っていき、ひとびとは一軒の家へと案内された。「もーし！」と言って、国民服の男は入っていく。男は、戸口からは見えない土間の陰になっている右手のほうに頭を下げてなにか言った。そして、「たーあった（たびたび）……ヨシジュウさん……また来ますけん……」と、土間から上がり口の畳にすべるようにしてのぼって座ると、低くお辞儀をしながら小声で言う。男の向こうに紺のズボンに白い開襟シャツ姿の、眼鏡をかけた禿げ頭の老人が同様に頭を低く下げながら、なにやらつぶやくような声で応じている。頭を上げた老人は、あらかじめ大勢が来ることを聞いていて、その応対のためにきょう一日はどうあっても費やさねばならぬと、どうやら腹をきめたらしい者の、入ってきた者たち全員に挑みかかるような目で、ひとびとを迎えた。男は土間に下りると、戸口に立つひとびとに「ここの家で、晩の支度ばしてもらうごと、言うてあるけん」と言った。ひとびとの中のひとりが、そのあとのことはどうすればよいのかと日本のことばで訊くと、「わからんとたぃ。まだ、相談せんならんところのあるけんな。兵舎のだぁ（誰）も居らんで空いとるけん、そこで寝るごと用意ばするばってん、まずは食べんと、日もしまわれんもんな」と言いのこして、もときた道を帰っていった。

　ひとびとは、口々に礼をのべながら、土間に足を踏み入れた。入り口から見て右手のほうに、竈（かまど）と流しがあり、そこにそれぞれ、六十ほどかと思われる女と、四十ばかりの歳の女がふたりいて立ち働いていた。ふたりの後ろに大きな甕がふたつ置いてあり、その上を分厚い板が渡してあって、ひとが三人ほど腰掛けられるようになっている。また、高い上がり口のあいだにある段も、ちょうど腰を下ろせるよう土間のほうへと出っ張っている。さらに風呂場の前は板敷きの上がり口になっていて、そこにも茣蓙が敷いてあった。ふたりの女のうちのひとりが、土間で彼らを出迎えると、どこなりと座ってくれというように身振りで示し、また「すぐ拭くとば持ってきますけんね」とも言う。

濡れたひとびとが土間に押し寄せ、たちまち辺りは磯のにおいを含んだ湿気で蒸されたようだった。外では雨も降ってきて、開け放った戸から見える道には早くも水たまりができていた。ひとびとが腰掛けるべく低い天井の土間をうごいているあいだにも、ふたりの女は火にかける釜に芋を切っては入れ、老人は土間から庭に通じている裏口に出ていき、やがて大きな盥を手にして、禿げた頭と眼鏡に雨の滴をつけて戻ってきた。土間の脇で七輪の上に鍋を置き、それで湯を沸かしつけながら年上のほうの女がなにか言った。芋を釜に入れおえたらしいもうひとりの女が、それに対してなにか言いかけて、「忘れとった！」と小さく叫ぶと、老人のほうに大声でどこかへ出かけてくるというようなことを早口に言い、傘も持たずに外に駆けだしていった。一方、見たところ老人の妻と思しい女は、さのみ慌てている様子もなく「通ります」と上がり口に腰掛けている男たちのあいだを抜けて、家の奥へと入っていく。やがて、行灯を上がり口の中央に据えると、ランプも持ってくるよう部屋の奥の誰かに向かって声を出し、「おとろしかったろが……若っか衆どんち言うても、なあ？　まちっとで、ご飯ば召しゃがらるるようしますけん」と、どうしたわけかひとびとの中でも、とくに莫蓙に腰を下ろしていた彼に向かって言った。

　女の声は聞き取りづらく、いったいなにを言ったか彼にはわからなかったが、ほかの者たちが頭を下げたことで、気遣われたのだとあとになって気づいた。そのとき、奥の部屋の襖が開き、まだ十二、三歳ばかりかと思われる娘がランプを手に持ってあらわれた。上がり口の畳をあるく娘は土間の混雑を見てあきらかに怖気づき、助けを求めるように老人のほうに目を向けた。土間に立っていた老人は太い腕を伸ばして、孫娘だろう少女からランプを受け取った。「ほりゃ、婆ちゃんの手伝いばせれ！」おそらくは、すぐまた家の奥にひっこんでしまおうと思っていたらしい孫に、老人は有無を言わせぬ、癇癪持ちらしいことの窺われる声で言った。

「ヨシジュウ、おい、ジュウザブロよ！」と、戸の外から声がして、外に走り出ていった女が両手に物を抱えて戻ってきたため、かわりに傘をさしてやっている背の低い老人が声をかけた。「うえんとの、こりはあればぃ。こり、わが、こないだんときのけんな、貸してもろたつけん。そぃけん、返さんでよかけんな」と、土間の者たちには、やはりまるでわからない、しかし、どこか故郷のものと似た抑揚を持つ――あるいは、老人の声というのは国を超え似通ってくるものなのかもしれないとも感じさせる――ことばを、歯のない口から押しだすように言った。「おおきに。うんにゃ、よかつさ。まあ、おおきに」と、ヨシジュウともジュウザブロとも呼ばれたほうは早くも帰っていってしまった知り合いの背中に向かって言った。戻ってきた女が抱えるように持ってきたものは手拭いであった。老人が、怒鳴るようになにか言い、女はすぐに手拭いをひとびとに配りだした。

老人は、その態度や物腰の端々から、この家の家長であることが容易に見てとれた。そして、老人は食事の支度から身体を拭くための手拭いの手配と、周囲の者に口やかましく指図しているのにもかかわらず、肝心の、そうして用意されたものを施されるのを待つひとびとに対しては、一切ことばをかけようとしないばかりか、視線さえ合わそうとしないのだったが、そのことも、ひとびとはよく理解できるのだった。それというのも、大人数を家に招いた以上は、それがなにか失敗をゆるされない仕事でもあるように、一切が片付くまであらゆる事態に神経を集中させながら応対の準備にかかりきりとなって、そのため、まさに目のまえの客のことさえ忘れ果ててしまう一家を率いる老人というのを、彼らも自分たちの家族を顧みたときよく知っているのであった。ふだん家の中でも外でも威張り散らしているおじさんや年長の兄さんも、そのひとに対したときだけは決して頭の上がらない老人――やっと一息つくことのできたひとびとのまえで立ち振舞っているのは、つまり、そうしたなじみ深い因習の体現者だったのである。ただ、あちこちとうごきまわって指示をだす老人を見ものとばかり見ている者たちにとってわからなかったのが、その声にあらわれる厳しい態度が、大勢の来訪者の出現という不測の事態によるものなのか、あるいは平生から老人が家の中で振り回しているものなのか、ということだった。そして、もしも後者であるとすれば、家の者たちはなにかとびくびくして過ごさなければならず、たまらないだろうな――いかにも奇妙なことではあったが、そういった、いま現在において自分たちを見舞った困難とはあまりにも距離のある想念を、ひとびとはふと思わずにいられないのだったが、それもひとえに、老人がまとう雰囲気のどこにも、状況に対する動揺が見られないためなのであった。

またひとびとが、そうした一種ゆるんだような感想を思い浮かべたのは、それまで自分たちの服や鼻の奥にまで染みついた潮のにおいとはことなる、竈で燃える薪(まき)の煙や、盥に注ぎこまれた湯の蒸気や、釜の中で煮えだした粥といったもののにおいを嗅いだからにほかならなかった。ことに、芋粥の炊ける香りを嗅ぐや、ひとびとは自分たちが、まる一日というものなにも口にしていないことを思いだした。なおさらに、芋と米の甘さを含んだ粘っこいにおいを嗅いだとき、はじめて彼らは、水底ではなく娑婆にまだ自分たちが居ることに気づいたようだった。心内からの深く、そして一層の眠気をもたらす安堵が湧き起こり、ひとびとはやっとめいめい、海に投げ出されたときにどうやって助かり、だれの姿が波間に消えていったのかをぽつりぽつりと話しはじめた。

やがてよその家から手伝いに来たらしい女が土間に入ってきて、人数分の茶碗の用意をするために、棚から食器を取りだす音が流しのほうで鳴りだした。また、手拭いで身体を拭くために湯を張った盥の傍ではひとが行ったり来たりしており、なおまた着ていたシャツを絞るために裏口の軒下へ出ていく者も何人もあって、急に辺りが騒がしくなりだしたのを彼はそのはしっこくうごく目で見ていた。目に映るひとびとのかおは、みなどこかぼんやりとしていた。だれもかれも、ランプと行灯の光がへばりついたように鈍く光る首や頬をさかんに拭っていた。せっかく手拭いで濡れた身体を拭いても、土間の中にこもった暑さと湿気で汗みずくになってしまうのだった。彼も額から流れ出る汗を指で払いながら、今後をどうすればよいのか考える。船もなければ、どこに伝手があるわけでもない、檻に放りこまれるか、どこへでも行けと無一文で捨て置かれるか、船賃を稼げと仕事の口でも紹介されるか。いずれにせよ故郷に帰ることはできない。だが、なにか手段はないものだろうか？　彼は考えつづけるのだったが、同時に、できあがり、食器に注がれている芋粥がさっそく竈から近いところに座る者たちから配られているのをじっと見つめてもいた。また彼は、自分のすぐ近くに居る子供のかおも――上がり口のいちばん隅、裏口の地面に滴る雨だれが足にかかりそうなほど隅っこに腰掛けている子供のかおも、近くに居るため視界の端に入ってくるというだけの理由で見るのだった。

「この子供はなんでおれの近くに居るんだ？　あいかわらず泣きそうなかおをしていやがる。それも、今度はほんとうに泣きだしそうだな」彼は子供のかおから目をそらしながら、そう思いうかんだことばを胸のうちでつぶやくと、またしても、どうすればいいんだろうか？　この家のひとたちか、あるいは村のだれかが、どんなおんぼろでも構わないから船を譲ってくれるなんていうことはないだろうかと考えて、けれどもすぐに、こんなことを考えてもしょうがない。まずは腹ごしらえをしようと思いなおして、落ちないようはすかいにして流しの角に置いてある盆に並べられた食器のうち、とりわけ大きな丼（どうやら茶碗が足りないようだった）に目をやった。盆を持ち、そろそろと彼の座る茣蓙を敷いた板組の上がり口にあるいてきたのは、先ほど雨の中を、手拭いを借りるため駆けだしていった女であった。まず上がり口に重たい盆を置きたいと思っていたらしい女は、裏口の傍で身を縮こめるようにして腰掛けている子供に目を向けると、戸惑ったように辺りのひとびとを見まわした。それほどに子供のかおは哀れに見えた。

女の視線は、やがて傍に居る彼のかおの上に落ちた。彼も、女の目を見上げ、そしてついにあきらめたというように、子供のほうを向いた。と、彼は腰を上げて、子供を自分の横に座るよう、小さな身体を引っ張るようにして招いた。「そう。そこは濡れるじゃろけん、父ちゃんとこに座るとがよかぞ?」と、女は言って大きな丼を彼に渡した。そして、なにぶんにも食器が足りないから、親子で食べてくれというのを女も言いはしなかったし、彼のほうでもひとことも話さなかった。にもかかわらず、そうなったのだった。「これのが、箸よりもよかろう?」と言って、女は彼に陶器の蓮華(れんげ)を渡した。

子供の背中から蓮華を持つ手をまわし、それで抱くようにして、彼はもう一方の手に持った丼から粥をすくって子供の口に入れてやった。上がり口に座り、粥を待ちながら自分のほうをちらちらと見る者たちに対して、彼の目は答えるのだった。「ほら。こうやって子供の父親ってふりをしているほうが、あんたがたよりも早く飯にありつけるんだ。それに、釜山の港に着いたときだって子供といっしょに居るほうが、なにかと怪しまれないですむ。これひとつのためにこそ、こうやって子供を引き寄せたんだ、それだのに、どうしてめずらしそうに見てくるんだ?」彼は自分がほんとうにそう考えていると思い、ほかの者たちよりも大きな丼が自分の手にあることをよろこんでいるのだった。彼の手に持った蓮華は、子供の口にばかり入る。そのことを彼は不思議とも思わないでいる。

納　屋

船着き場から、湾の外れに沿って進む道の途中に納屋はあった。哲雄はそこまで車で向かうと、妹たちと道具の一式を降ろして船着き場の前の駐車場まで車を停めに行った。「こーりゃ、どうしてってぐらい生い茂っとるたい」と、車から降りると、磯からの温(ぬる)い風を顔に受け、頰に散らばる髪を無造作に搔き上げながら加代子は言った。「ほら、下から下からって、どんどん生えとるもん」と美穂も獣か鳥の巣でも内に潜めているように堆く群れなした草むらの傍に寄り、葉に絡まる蔓(ツル)を引っ張って根元を覗き込んで言う。繁茂した植物はコンクリートで固められた所以外のあらゆる地面を覆い尽くし、それぞれが絡まり合いつつ日の光の独占を試みて上へと伸び広がっているのだった。

そうして塊となって積みあがり、そのまま途切れることのない大波が押し寄せるようにして彼女たちの立つ場所から三十歩ほどの先に見える納屋のほとんど半面を葉や蔓で隠してしまっていた。「まずは道ば作ろうや、納屋のシャッターんとこまでさ」と加代子は言った。そして、思わず笑みを浮かべた妹が、姉ちゃん、やる気十分じゃんと言ったときには、早くも加代子は手に軍手を嵌(は)めて枝切り鋏を持ち、近くの一群に分け入って行く。

「おう、こりゃ大変ぞ」と、駐車場から歩いて戻って来た哲雄は、さっき美穂たちを降ろすときにも窓越しに見ていたにもかかわらず、やはり妹らと同様に声を洩らした。「どっちに抱えたら良かったかな……」彼はそう独りごちてから、コンクリートの上に置いてあった草刈り機を肩に担いだ。それから美穂と加代子に向かって、自分の前には決して来ないよう言うとスイッチを入れた。美穂も姉に続いて鎌と金属製の熊手をそれぞれ両手に持ち、草むらに入っていった。もしかすると潜んでいるかも知れない蝮(まむし)を踏みつけてしまうことだけはないようにと願いながら。哲雄が足を踏み入れた所からは、草刈り機の円い刃が枯れて乾いた茎や小石を弾き飛ばす、心地の良い高い音が聞こえ、やがて草の臭いが海から吹く風に乗って漂いだした。

奈美と知香は二人して図り合って、敬子の店の手伝いを口実にできるだけ納屋に向かうのを遅らせるべく、何もせず物置で話していた。すでに段ボールは片付けてしまって一所にまとめていたし、店の棚に並ぶ品の中から賞味期限が切れる物を下げ、新しい日付の物も出した。また台所で洗って置かれた皿を敬子が棚に仕舞おうとしているのを見れば、「よかよ、敬子婆ちゃん」と奈美と知香はその仕事を奪いに掛かるのだった。

「奈美ちゃんな、ようお母さんに似とる声ば出すとね」と、いかにも年寄りらしく、急に思い浮かんだ言葉を、些かの装飾もせず相手に投げ渡すようにして敬子は言い、食卓の上に両手を置いた。それから、何かを思いだそうとしているらしい顔つきで、綺麗に拭かれた食卓に瞳を向けていたが、「あれね？　まだ呼びに来んとね？」と孫たちに向かって彼女は訊いた。

「いや、別にいつ行っても良いけど、草が一杯生えとるって聞くとねえ……」と奈美は知香の方を見て言った。

「沢山生えとったってね、そがん加代子が言いよったもんば」と敬子が言う。

「うん、だから奈美がね、虫が（虫っていうか蚍、と奈美が訂正した）、そう、蚍が沢山いるだろうから、なるべく作業が終わるぎりぎりになるまで粘ろうって言うけん、うちら、ここでゆっくりしてる」

　そう言った知香に、奈美は「うちだけのせいにして。知香も虻は嫌だねって賛成したじゃん」と、敬子言うところの母親似の声で話しだす。年老いた敬子は、孫たちの話している内容というより、口の良く動くことに見惚れるように黙っていた。が、そのときようやく自分が何かを二人に頼もうとしていたことを思いだしたらしく「まだ出掛けんてやろ？」と口を開き、舌をもつれそうにさせながら言う。「お風呂の中ばさぃ、ちった、こう、ごしごしとってくれんな？」

「よかよ。風呂桶だけ洗えば良い？」と、奈美はまた納屋に向かうのが遅れるのを——というよりも、知香と話しながら時間が潰せるのを喜びながら言うと、すぐさま携帯電話を持って風呂場に向かい、音楽を流しながら掃除に取り掛かるのだった。

　結局、奈美と知香とは美穂たちが納屋に向かってから二時間近くも経って出発した。敬子の家を出ても、更になるべくゆっくりと、それも湾に沿った道を行けば良いのに店の表側から通じている家の並ぶ路地の方を選び、わざと遠回りして二人は歩くのだった。敬子の家を出てすぐの道の片側にはかつて家が建っていたが、今は空き地になり、周囲の家から出る新聞紙や枝を燃やすために、小さくコンクリートのブロックで囲った焼き場が作られてあった。そのブロックの囲いの周りに生えた雑草に奈美は目をやった。雑草は焼き場の灰と消し炭で泥のようになった地面を避けるようにして空き地のそこかしこで生い茂り、隣の家の塀に寄り添うようにして紫陽花（アジサイ）が咲いているのが見えた。奈美は、ほら、どこでも草は生え放題に生えている。納屋が埋もれるほど草に覆われているとして、どうして刈る必要があるというのか、とさっきまでは意識に上らなかった、車中で抱いていた疑問が再び頭をもたげるのを感じて知香を見た。横を歩く知香は、従姉妹の眼差しに対して、「まだ終わってないんだろうね」と言った。

「どうやろ、加代子姉ちゃんがばりばり働いて終わってるかもよ」と、奈美は疑問を知香に向かっては言ったところで仕方のないことだと思い、そう言って歩きつづける。やがて二人は吉川の〈古か家〉の前まで来た。奈美は家の横を通りながら、哲雄と敬子が話した内容をすっかり忘れていたため、どの辺りが農家の家の特徴であるのかを別に改めて確かめるということもなく歩みを進めた。〈古か家〉の前の坂道は、ちょうど玄関先で今しがた奈美と知香が来た道と、左の方の道に分かれていた。二人は左の道へと歩いていき、空き家を挟んで建つ、これも吉川の〈新しい方の家〉の前も通り過ぎる。その家が、智郎が老後に引き移るべく新しく建てたもので、はるか以前にはこれも敬子と哲雄の話にあったように、そこで十三郎が酒屋を営んでいたことになるのだったが、やはり奈美はそのような話を聞いたのを忘れているのだった。

そう、草がどこまでも生えていき、納屋を覆い尽くしても、それは仕方がないことだ――奈美は胸の内で結論を下してしまうと、気が済んだというように、もうそのことを考えるのは止めて、もっと重要な話を知香にするべく携帯電話を手に持ち、「ラインで見せたっけ？　ほら、前に言っとったさ、韓国に行ったときの……」と言って画面を見せる。

「マッツーの結婚式のときの？　いや、全部は見てない」と、また道を曲がり、船着き場に向かう小道を歩きながら知香は画面を覗いて言った。

奈美は、指で次々と携帯電話の画面に表示される写真を横に動かしつつ、一人で先に笑いだした。「マッツーの横に居るのが、ジョンフンって人で、それからこれとこれもソヨンさん。でね、変顔のこれ誰だと思う？　親戚だと思うやん？

違うって、全然知らん人。なのに一番テンション高く写っとろ？」

二人は船着き場まで歩くと、哲雄の車が停められた駐車場を横切り、波止場沿いに延びる道を更に進んだ。船の出入りする時間とずれていたためか、辺りには人の姿は見えなかった。二人が歩く道は、かつて砂利と敷石で踏み固められていたが、今では防波堤と一緒にコンクリートで平坦に均（なら）されて、草の一本も生えていなかった。だが、車一台分の広さのコンクリートの道から左に寄れば、土塊（つちくれ）と雑草だらけの道さえない野原が、崖崩れを防ぐため、これもコンクリートで塗り固められた山の急な斜面の下を続いている。ずっと草むらを左にしたまま行けば、やがて道が車も通れないほど細くなっていって、小さな磯に下りることができた。そこはシャンシャンパナと呼ばれる、狭い石だらけの磯で、海に突き出た大きな崖のためそれ以上先へ行くことのできない、村の一方における突端なのだった。納屋はその磯に向かう途中にあった。

納屋が見えてくるにつれて、奈美と知香は、そこの周囲だけが、すっかり草が刈られているのに気がついた。道々二人で話していたように、加代子たちは確かに「ばりばり働いて」いたらしい。草を詰めた大きなビニール袋が、口を縛って四つコンクリートの道に並べ置かれていて、まだ袋に入れていない刈られた草がその隣に小山をなして寝かされてあった。すっかり刈られた納屋の周りを、赤や青や白の服が動いている。奈美と知香が近づくと、美穂たちの声も聞こえてきだした。「ほっ、姉ちゃん、パス」と美穂が長く張っていた根を地面から剝がして持ち上げると、それを加代子の方に持っていきながら言っている声が聞こえる。姉の方も、「はいはい」と言って、しぶとく地面に根付いたままのところを、枝切り鋏で断ち切る。「もう終わるてしよる頃に来たぞ」と、哲雄が歩いて来る奈美と知香を見つけて言う声も、二人の耳に届いた。

「もう、あんたらが早よ来んけん、うちらだけで終わりよるよ」と、美穂が怒った風を装う声で言った。

「お母さん、草刈りするときでも遊びよるっちゃけん。パスって、サッカーしてるつもりで加代子姉ちゃんに言いよったろ」と、奈美は小言には答えずに言う。

「聞こえとった？」と、美穂は言った。

「風に乗って聞こえてきた」

そう知香が言い、「風にも負けずに聞こえてきたくさ」と、すぐに奈美が従姉妹の声に重ねて応じる。「雨にも負けず風にも負けずにお母さんの声は聞こえてくる」

二人が美穂に向けて冗談口を叩いているあいだにも、草を抱えて山に積んだ加代子は、「ほら、二人の分の仕事は、もうこんだけよ。そこの草ばごみ袋一つに詰めたらおしまいやけん」と言って道に置かれたプラスチック製の手箕と軍手を指でさした。

「でも、袋一つじゃ足りんっちゃない？」と奈美は訊いた。

「そうやけど、あんまり沢山は、ごみに出されんもん。あとは放っておいて、今日はおしまい」

加代子がそう言ったのに従って軍手を嵌めた奈美は、知香に袋の口を大きく開けさせて、集めた草を中に詰めだすのだったが、「でもさ、ここに放っておいたら、また生えてきちゃうんじゃない？　種があるんだから」とまた訊いた。

「生えたら、また刈りに来るとよ」

そう、加代子が言ったことで——また何よりもその事もなげな口調に触発されて——もう何年来の懸念ででもあるような、どうして草を刈るのかという疑問へと、奈美の心は再び移っていった。

「ねえ、加代子姉ちゃん。別に使わんのに、何で草を刈るの？」と、彼女は訊くのだったが、言った瞬間にあまり度々同じことばかり訊いているのが何やら決まりの悪い、面倒臭いものに感じられてきた。

またぞろこの子は言い募ったところでどうしようもないことを訊くのか、という顔を美穂が浮かべて、何か言いたそうに口を動かした。しかし妹よりも先に
「そりゃ、この納屋が吉川のやけんよ。使わんでも、刈らないかんじゃん」と加代子が、やはり、そんなのは決まりきったことだというように奈美に言った。

「ふうん」と奈美は、返事代わりに唸り声を出した。そしてそれは納得したのではなく、訊いたところで仕方がない類の疑問なのだと、ようやく諦めがついたために発したのであった。「運動になるしね」――そして、もうこれきり考えるのは止めにするべく、加代子と美穂の着ているスポーツウェアを眺めながら言い添えた。

「そうそう。爺婆には良い運動よ」と美穂が言った。

「まだ火葬されん爺婆か？」と、加代子は敬子の家で会った老婆を思いだしなが

ら言って妹の笑いを誘った。

哲雄はコンクリートの道に立ち、防波堤に片手をついて海の方を見ながらペットボトルの茶を飲んでいた。彼は頻りとその場で足踏みしながら、まるで、そうしてじっとせずにいれば、その大きな身体の隅々まで水分がゆき渡ると思っているかのように身体の向きをあちこちと変えては茶を口にするのだった。「すっきりしたな」と彼は、首に巻いたタオルで額を拭うと、まだ奈美と知香がごみ袋に草を詰めていたけれど、もうすっかりと仕事が終わったつもりで誰にともなく言った。「ばってん、何で竹が生えてくるっちゃろうなあ」

「何でって、ずっと前からじゃん」と、傍に居た美穂は兄がペットボトルを持って手を伸ばす方向の、納屋のすぐ後ろの崖に沿って生い茂る竹林に目をやって言う。

「いやいや、前はこがん生えんやったよ。コンクリートでこん山ば覆ってからたい、竹が下ん方にこがん生えだしたのは」と哲雄は言った。

「前もこんなもんやった気がするけど……でも、昔よりも松が減っとるよ」と美穂が続けて話しだしたのに、哲雄も「おう、そういや松は、あっちの、シャンシャンパナんにき、ちょっとあるぐらいやもんな」と応じて、それから塗り固められたコンクリートの鼠色した崖に目をやると、その中腹に見える墓場に指を向け、その指をゆっくりと山に沿わせて下に下ろしていく。「昔は、大体が墓場からずっとこっちまで、原っぱやったもん。なだらかにずっと下の、こん納屋辺りまで続いとってさ。そこでおれが子供の頃は凧揚げばやりに来よったもんな、正月は」

「そうそう、ここらが広かったし、風が強いけんね」と美穂が相槌を打って言った。

「遊び場やったよ。婆さんの頃は仕事場で、おれらの頃が遊び場やった。知香と奈美の頃は全部埋もれてしまってから草場になりよる」と言うと、哲雄は奈美たちが草を袋に詰め終えて腰を伸ばしているのを見て微笑した。奈美は伯父の顔を見ると、そこに浮かぶ笑みの意味を理解して、「ちゃんとうちらも働いたとよ。何もせんのに疲れとるって思いよろ？」と言った。それを聞いた哲雄はまた笑い、「よし、終わったな」と車を持ってくるために駐車場へと歩き出した。

十分後には、敬子の家から出発したときと同様、やって来た車に作業に使った道具が積み込まれ、今度は奈美と知香も加えて美穂たちが乗り込み、納屋を後にした。行きのときと違い、後ろの荷物を置く場所に刈り取った草の詰まったごみ袋を積んだために、車内には葉と土の臭いが満ちていた。「そうそう。兄ちゃん、〈新しい方の家〉ばちょっと見てから敬子婆んがたに行くけん、途中で降ろしてよ」と出発してから美穂が言った。

「お母さん、家の鍵は持っとーと?」と奈美が訊いた。

「うん、持ってきた。あんたも来る?」

「そうしようかな。トイレ行きたいし」

哲雄が「納屋ん中ば、さっき覗いたけど、まだ網がごっそりあったな」と運転しながら言った。「智郎さんの死んで、誰か使うって言いよった気がしたばってん」

「もう、そりゃ、使う人も居らんとやろ」と後ろに座る加代子が言った。

「そうやろうなあ」と哲雄は言い、ふとバックミラー越しに見える、隣り合って腰掛けている奈美と知香に向かって話しだす。「知っとるか？　一度、鯨が定置網に掛かって、漁師のおじちゃんたちの大勢で漁協の前まで引っ張って来たことのあったとぞ」

「爺ちゃんも一緒に引っ張って来たの？」と奈美が訊いた。

「うん、智郎のオジジも加勢して……昔は鯨も島の周りまで来とったもんね」

「海豚も、それに鱶なんかもさ、沖まで泳いだら足の下ば通って行きよったよ」

と言うのは美穂だった。

「鱶も、太かとの海に居ってな。鯨は江戸時代には沢山居って、大体が島で鯨ば捕りよったけんな、あの、鯨だけば捕る網元のあって、油ば取って売りよったとぞ……ばってん、ああ、写真で見た気がするな……」と哲雄は、ハンドルを切って狭い道の端に車を寄せながら、その手の動作に合わせるように声を引き延ばして言った。

「鯨から油を取っている写真？」と美穂が訊く。

「うんにゃ、漁協に智郎のオジジが、他の漁師と一緒に鯨ば引っ張って来たときの写真さ」と哲雄は言うと、船着き場に通じている道の後ろをミラーで確認し、美穂たちが様子を見て来るという吉川の〈新しい方の家〉に向かう道に車を停めた。

美穂は、車のドアを開けながら、兄が何を言わんとしているのかやっと分かったというように「ああ」と言った。「それやったら、こっちの家のアルバムに入っとるはずよ、うちも見た気がする」

無口な帰郷者

まだ刃刺(はざし)になるまえ、青年は年長の男に訊いたことがあった。その男は、もう何年間も刃刺を任せられていて、行く手を網に阻まれ、辺り一面を真っ赤に染めて浮かぶ鯨めがけて水に飛びこんで、背の上によじ登るや手にもった長い刃で急所を切り開いてとどめを刺す役に従事していた。男は鯨組の刃刺のなかでもっとも多く稼ぎ、またもっとも多くの村のひとびとから、その仕事についてまわる危険をかえりみない豪胆な気質によって愛されていたのだった。

鯨は沖から浦へと追いつめられていき、そこで刃刺を任せられた者がとどめを刺すのだったが、いつも都合よく浅瀬に泳いできてくれるとはかぎらず、またじっとしているばかりでもなかった。銛(もり)が突き刺さった箇所から流れ出る血のために、まるで視界のきかない濁りきった海のなかを刃刺は素早く泳いでいって、黒々とした背に乗らねばならなかったが、尾や頭に身体を打ちつけられてしまわぬよう気をつける必要があった。そしてせっかく背に乗っても、弱った身体を反転させ、ふたたび広い沖へと逃げだそうとする鯨もおり、そのばあい背の上にはなにも摑まるものなどなく、海に滑り落ちてしまう。苦労してまたよじ登って刃を突き立てはしたものの、今度は海の底へと潜っていかれ、もろともに暗い水底へ連れていかれることになる。とかく、こういった危険をともなう任にある刃刺は、だからそれだけほかの役目である漕ぎ手や網の曳(ひ)き手に比べて金子も多く支払われるのだったが、その務めを果たすためには、とにかく長く水中にいられるよう、息を長いこと止めていられることが求められた。それには訓練が必要で、刃刺とその職を希望する男たちのあいだでだけ、ひそかに伝えられる方法があるという噂があった。青年が男にたずねたのは、呼吸を長く止めていられるようになるための、その秘密の方法にほかならなかった。

　男は困惑と、また同時に青年の若さを嘲りもする笑みを洩らした。男が笑ったのは、ひとつにはまだ若衆になりたての相手に対する、年長者のなかば本能的な慣習によるものだったが、もうひとつの笑みの理由である困惑は、この青年が鯨組の網元の息子だということにあった。すこし考えてから、もしも訊いてくるのがほかの者であったなら、自分はきっと教えなかっただろうが、ほかならぬ頭領の倅(せがれ)なのだから秘密を明かそうと言った。「おりのほかにもな、ずぅっと刃刺ば務めよった者も、おんなしことば言われて、やって、そいから海んなかで息ばいつまででん止めて泳がるるごてなったとぞ？　よかな、ねんじゅ(いっも)口ば利かんで暮らすとぞ。ことばの知らんところに、ひっさろうてきた唐人のばしかんごて(でぁるみたいに)。だぁ(誰)に会うても、ねんじゅ口ば開かんでおれば、五体のほとびる(ふやける)ごて海ん下におったちゃ、いっちょん苦んならんでおらるるごてなるとぞ」なお、どういう理由でひとと極力ふだんから会話をしないのが水中で呼吸を長く止めていられることに繋がるのか、男が説明するには、陸に居るときと海中では肺の使い方がちがう、刃刺はみな往々にして口数のすくないものだが、それもひとえに、陸であまりしゃべっていると、口から出ていくことばのぶんだけ、息も短く、切れぎれのものになってしまうのをいやがってのことなのだ。反対に無口な者は、息が肺のなかでひとつの大きな塊のまま留まっていてくれるから、いつまでも海に潜っていられる、ちょうど海亀が口を利けないぶんだけ長く泳いでいられるように。だから刃刺はみな、できるだけことばを発さず過ごすよう心がけているのだ――それっきり、男は自分の話したことを忘れていた。そもそも刃刺になるための秘訣などはないのだった。男が青年に向かって言ったことも、仲間うちで喧嘩している者同士が口を利かないでいるさいに、「潜る心意（このことばをどういうわけか組では訓練の意味で用いていた）に励みよる」と、かおを見合わそうとせずに、むっつりと黙りこむ両者に向けて言う冗談の類のひとつにすぎなかった。そうであったから、数年が経ち、刃刺となった青年が村でも物を言わないことで知られるようになっても、その頃すでに陸に上がり、沖を泳ぐ鯨を見つける山見の仕事についていた男は自分が冗談半分に教えた秘密の方法を、まさか愚直に守りつづけているなどと夢にも思わないのだった。

あるとき、島で廻船の問屋を営む家を通じて松前の向こう、北の果ての海とそこに浮かぶ島を調査するために、船上でのすぐれた技量のある若者を雇いたいと西国の商人より話があったが、ついては刃刺からだれか推薦できないだろうか、という相談が鯨組にあった。すでに肥前で鯨を追うのを生業としている者を船員に迎えたいという旨は、しかるべきところに許可を取っており、また殿さまもすでに承諾したことでもあるという話だった。ただし雇われた者は、詳しく見聞を——ささやかな、下賜にあたっての煩瑣な取り交わしによってはじめて価値の生じる褒美の品とひきかえに——書き留めるため帰郷のまえに城に立ち寄るのを条件としていた。血気にまかせて自分こそという若者が多いなかで青年が選ばれたのは、第一には家の誉れとなるような旅を息子にさせてやりたいという網元の意向があったのにくわえ、第二に、そしてこれが重要なのだったが、青年の度を越した寡黙な暮らしぶりが、その漁でのはたらきの確かなこととあいまって、なにやら神秘めいた尊重を周囲の人間に感じさせていたからにほかならなかった。それでしぜん、あのひとが行くならばしかたがないという落着があり、必要な証文をそろえ、正式な許しがあってのち、青年は関西に向かう船の客となった。

半年が経とうかという頃に、青年は島に帰ってきた。その帰郷は廻船の問屋によって前もって伝えられており、月並みではあるが、やはり錦を飾った者として鯨組はもとより、村の多くのひとびとから迎えられた。ひとびとにとって、およそ想像することもできない北の海のことを、帰ってきた青年は、さぞめずらしい不思議なできごとも多く見聞きしてきたにちがいないから、きっと話をしてくれるだろうと期待されている自分を感じていたし、また事実そうなのだった。組の人間も、村の気やすい間柄の者も、あいさつとして青年が北海の島でどう過ごしてなにを食べたか、どんな魚が捕れたのかをたずねるのだった、そうすれば、いかに無口な人間とはいえ、さすがにだれかに言いたくなるような話の種のひとつもあるはずだろうから。しかし、ひとびとはすぐに、目のまえの青年がなにも変わっていないことに気がつくのであった。「おう、どおぃろ（さあ、どうだろう）」と、問いかけに対してながいこと黙っていた青年は、結局だれの問いかけに対しても、おなじこの一つ言をつぶやくだけで、話しだそうとはしなかった。さすがによその人間とは異なり、家族にだけはすこしばかり旅先での苦労を伝えたようだったが、それも決して詳細なものではなく、あくまでも淡々とした通り一遍のことばを伝えたにすぎなかった。もっとも、ひとびとは青年の帰郷を喜ぶ一方で、まだあちこちの家の奥で臥せっている病人の予後と、つい十日ほど前まで絶えなかった葬式のこともあって、やがて別段そう急いで旅の話を聞く必要もないと考えて訊く者もなくなった。

青年と入れちがいのようにして、島に疫病が流行ったのだった。そのため村の口さがない者による、青年が流行り病の猖獗をきわめた時期に遠方にいて、看病する者もされる者も、やっと一息つけるようになった頃に帰ってきたことをもって、だいじな客の相手もせず遊山に出かけるなど、ずいぶんな分限もあるものだと言う声もあった。青年はそれに対しても、ただ沈黙で応じるのだった。

　そうして、帰郷からひと月あまり経ったある日、山見の男のもとに青年がやってきた。男は、小高い丘の脇に転がる大きな石の上に腰かけていた。石には座りよいように筵が敷かれ、かたわらには一方の先端が百合の花のように広がった長い竹筒を置いていたが、これは鯨を沖で見つけたばあい、組の長屋に屯する者たちに大声で知らせるための道具なのだった。この場所が、いわば勤め先ということになっているのだったが、男はここを単なる仕事の場所としてだけ使うことを拒むように、徳利に酒を入れてくることもあれば、海になんの影も見えない暇なときに、草履を編むための藁や、箸をつくるよう鉈と竹を常に傍に置いていた。しかし、もっとも暇な時間がつづくとき男にとってうれしいのは、山の道にさしかかった者を呼びとめて、なんなりと話すことだった。そうした暇を見はからいでもしたようにしてあらわれたのが青年であったから、男はさっそく傍に招いて酒をすすめずにはおれなかった。「蝦夷ちうところはどぎゃんじゃったと?」と、口にしなれない地名を、男はたのしそうに発音した。

男が会ったのは、青年にとってめったにないことだったが、口を閉ざしているよりも話していたい気分のときだった。それで、問われるままに青年は話しだした。まずどこに行く途中であったのかと男が言ったのに対して、疫病のため死人のでた親戚の家をまわっていた帰りだと答え、だから酒はやらないと言った。「こんたびはなぁ……」と、男は近ごろ百遍も繰りかえした、病気の流行について口にするさいに、かならず前もって言うことばを口にした。それから死んだ者、助かった者の往来をしばらく話してから、北の果てに浮かぶという島は、どんなものだったのかと男は訊いた。いつもの調子にもなく、青年は「身の、すく竦むるごた風の朝夕に吹いてくさ」と話しだした。

まるで、冬の山の湧水に身を沈めているような風が吹いていて、それが波の荒れた沖をすすむときだけならばまだしも、島に着いてからもずっとそうであったから、数日のうちに身体がこわばってきて先が思いやられた。とくに、島に渡るまでは凪がものすごく、それにあおられて飛んでくる白波が、まるで礫のようにかおにぶつかるという具合だった。そうだ、そういえば、まず自分は西国の港町で一度船を降りかけたのだった、というのも鯨組の者は自分以外にも五人ばかり居り、雇い主から伝えられた話が、それぞれ微妙にちがっているらしいことがその者たちの会話を聞いているうちにわかったからで、自分らは雇われたが最後、北の島に家を与えられて一生涯暮らさねばならぬとか、さいわいに戻ったあとも江戸に留め置かれてしまうのではないかという噂が流れたのだった。が、雇い主からそうではないとあらためて説明を受けたのでまた船に乗りこんだ。「そりゃ、言うじゃすろぃ！　どこかわからん海に、ほぃ行けちうても、どぎゃんでんもなかごておとろしかろが……なあ？　そぃで、着いてどげんしよったと？」と男は相手の話にあいづちを打つと、先をうながした。着いてからは、雇い主の商人が借り受けたか、あるいは買い上げたかした屋敷に向かった。いや、屋敷と呼べるようなものではなかった、浜に建てる小屋に、そのまま納屋だの蔵だのをごたごたと横にくっつけるようにして大きくしたような建物で、壁の板もところどころ隙間があるようなみすぼらしいものだった。そこで自分たちを迎えたのは、何人かの男たちで、ふたりは商人らしい身なりだったが、あとはその下使いであるらしかった。

そういえば、とまた青年は言う――どうも話そうとしだすや、すぐにこれを言いそびれた、あれも言っていなかったというように青年の頭のなかで話の道ゆきをいたずらに入り組ませてしまう記憶が、かおを覗かせるらしい。そういえば、船の船頭と商人のどちらがえらい人物であるのか、島に着くまでのあいだ、ほかの鯨組の者たちがひそひそと言い合っていた。商人は、なにかとよく話し、食料の差配から仕事の割り振りを船の上で取り仕切ろうとしていて、一方の船頭は寡黙に、ただ自分たちを島に送り届けるために居るのであってしゃべるために乗っているわけではない、というかおをして、たえず口を出してくる商人に対して、不賛成らしい目つきを向けていた。どうも見ていると、ほんとうの雇い主はあくまでも公儀だという名目で船に乗りこんでいた船頭と、途中から儲け話を聞き役人の後ろ盾を大義名分に話を取りつけ航海の主宰となった商人という関係に、反目の理由があるとわかった。船頭は航海の途中、船の甲板の中央に陣取って考えごとをしているらしい商人に向かって、そこに居ると邪魔だとむきつけに言うこともあったが、自分を含めた船上の者たちは、いちように叱られたほうでなく叱ったほうの肩をもっていた。だが島に着いて船を降りると、いやおうなく陸では第一に商人の指図にしたがわねばならなくなる。こちらは怪物のような鯨を相手にする刃刺を務めているのだ、それが、どうして陸で深く知りもしない相手をご当主さまとへりくだってやらねばならないのか、と船頭から商人に移された権威に毛ほどの価値も見出さず、不平を言いつのる声もあった。「はあ」と男はそんなにきらわれている商人とは、いったいどんな人物なのかと興味をひかれて言うのだった。「そんし（その人）とな、ありじゃろ、道理のなかごとばっかし言うてくるとじゃろ？」だが、青年は男の言ったことに対しては「なあ、どぉぃろ……」とだけ答える、まるで話の眼目はそこにないのだから、邪魔だてせずに話の先を言わせてほしいと言うように。

　島に着いてからは、毎日のように小舟に乗って沖のほうを眺めていた。商人の島での目的は浜の深さの測量と、また島の近くを流れる潮の向き、霧の頻度、暗礁がどこにあるのか、どこかにあたらしく漁を行うため浜を開くとすれば、適当な場所はあるか、大きな船の出入りをするには、既存の浜のどれがよいのかを調べることにあった。それで、小舟に乗りこんだ商人はみずから海の深さを測るいっぽうで、ともに乗船する自分とほかの鯨組の者たちに向かっては、もし沖に鯨が見えたらその数や姿を正確におぼえているよう言った。とはいえ島に居たあいだ、なにかの小さな影を一度見たきり、ついに鯨の群れを見つけることはできなかった。いつも昼すぎには陸にあがっていた。というのは、ついでに漁をしようにも満足な道具がそろっているわけでもなかったし、それに商人と下使いの者たちは粗末な屋敷にもどって紙に調べたことを書き留めることのほうに時間をついやしていたからだった。自分たちの滞在した浜からは、小高い丘が見えていて、そちらにあるいていくと村があった。そういえば、と青年は思いだしたように言う。着いた日の夕方、もう暗くなっている時刻で、月がその丘の端から縁をすべるようにして、きれいな円いかたちで上がっていたが、島内の番屋に詰めているという男――これは自分たちを出迎えた商人とまたちがう人間だが、この男がなにか話でもあるらしく影ばかりの姿で戸口から入ってきたのを、自分たちの雇い主であるほうの商人が出迎えた。そのとき、外の薄暗い道に、見慣れない格好をした者がふたり、訪いを告げた男につき従うようにして立っていた。「着るもんの見慣れんとば羽織っとったってや、どげんちうと、そりゃ？」と男は訊いた。それが、そのときにもどうことばにして言えばいいのかわからなかった。「冬の寝間着のごた……うんにゃ、それけん、ここでも言われんつよ」と青年は言うと、ふたたびその夜のことを話しだした。自分のほかにも、下使いのなかにふたりの姿を見ていた者があったから、興味をひかれて、たずねた。「わが、なんて言うたと？」と男は言う。「うん、あっこんにき（あそこのほうに）居ったとは唐人きゃ、って言うた」と青年は答えた。「そしたら？」と男がさきをうながす。そう、自分がたずねると、下使いの男はこちらに目を向けると薄笑いを浮かべながら、いくら遠出したといっても、どうしてここが唐の国なものか、それこそ寝言を言うものじゃありません、とこちらの無知をあざけるような西国のばかにていねいな口調で言った。のちに、その下使いは雇われたほかの者たちにも憎まれる振る舞いをしたため、示し合わせて面白いほど痛い目に遭わせてやることができたが、しかし——それもいまはどうでもよい、と言うように青年はまた、そういえばとつづけるのだった。

滞在した屋敷の建つ浜から、丘をあるいていくと村があった。商人とその下使いの話に、これらの者たちと連絡をもっている番屋の者たちの言っている内容を合わせると、どうも島にはほかにも村が数多くあるということだった。また、これは商人の言っていたことを耳にしただけでじっさいに見たわけではなかったが、つい近ごろまで、島から北の氷海をさらに越えたさきにある、おろしあという国から渡ってきた者たちが暮らしていた村もあって、すでに立ち去ったあとではあったが、まだ家が残っていると聞いた。その家は自分たちの寝泊まりした粗末な屋敷とはちがい、壁も屋根もすっかり松脂のようなもので目張りしているおかげで、すこしも風が吹きこまないが、かわりに油を焦がしたようなにおいを我慢しなければならない。ほかとちがって壁に十字の印が刻まれているから、それがおろしあの人間が住んだ家だとすぐにわかるという。もっとも、これは商人自身も見ていないから、ほんとうにそのような家が残っていたのかわからない。また、北国の港から何十人もの流れ者たちが――商人の言うには「担いだり、担がれたり」して島に渡ってきて、各村の連絡を受け持つほかの商人連中に雇われて暮らしていた。「大きか島じゃっとね？」と男が言い、青年は頷く。じっさい、岩礁の位置をたしかめるために島を小舟でまわるさいにも、ところどころの浜に小屋らしいものが建っているのも見ていた。だが、雇い主の商人から、むやみにそうした村のひとびとに近づくことはならぬと言われていたから、はじめのうち自分たちのほうでも、遠目に見るだけだった。そういえば、夜に外に立っていたふたり組は、どうやら番屋の男に飯炊きや雑事のため雇われたらしい夫婦だということが、あとでわかった。あの日いらい昼や朝にも、ふたりは用事のたび男が屋敷に立ち寄ると、一緒か、さもなくば夫か妻のどちらかひとり、外の道でじっと用事のすむのを待っていた。そうしてたびたび姿を見るようになると、いかで禁じられているとはいえ近づかないわけにもいくまい、と自分たちも考えるようになり、商人の言のいちいちに従うのも煩わしいという思いもあった。それで、じっさいに自分たちは親しくなったのだ。おもにそれは、こちらから親切にしてやったからで、それというのも、夫婦は蝦夷の地で生まれ、松前で商人どもに雇われていたのが、どんな事情によってか番屋の男につき従ってこの島まで流れてくることになったらしい。もっともこれは番屋の男が言ったことだから、ほんとうかどうかはわからないが、とにかく自分たちはその漂泊ともいうべき身の上に共感の思いを深くした。それが先ほどの親切にあらわれ、こちらの思いもちゃんと夫婦には通じていた。

男は黙って聞いていた。そして青年の、そういえばと言って話の筋道をもどっていく癖によって、いったいどのようにして夫婦と連れてこられた男たちとが親しくなったのか聞かせてくれるのを期待していた。説明のしがたい服を着る夫婦があって、その者たちと鯨組の若い男たちが仲を通じ合わせる——それが話のうえでなにを意味するのか、男にはわからないのだった。またこのままさきへすんでしまうのなら、いったい話が滑稽なところへ落ち着くのか、涙の出てくるような悲話に向かうのかもわからないままで、それでは物語に欲している感銘を十分に受けられないと男は不満に思った。だが、青年はといえば、そもそも男を感じ入らせるために話をしているのではないとでも言うように、自身のうちに潜りこんでいった。

島に着いて六日ばかり経った頃から、とくに米がそうだったが不足しだすようになっていた。船で運んできた食料の手配は商人の引き受けたところだったから、滞在の日数と、それに必要な米や味噌の目算をあやまったのはあきらかだとして、自分たちはそれまで堪えていた憤懣(ふんまん)をみなこの機会に吐きだすことにした。雇われて北の果てまで連れてこられて餓えなければならないとは、いったいどう責任を取ってくれるというのか、そもそもはじめから目方をすくなく見積もって、自分たちには満足に食わせないつもりだったのだろう、こちらには証文があるのだ、どこへだって訴えに出ることもできるんだぞ、とたいへんな騒ぎようだった。それで下使いに訊いてみれば、商人は、なお二十日は島で風向きを調べたいと決めていることがわかった。そんな悠長なことに付き合ってはおれぬ、と思っていたところに、ちょうど八日目の朝、浜辺に不思議なかたちの魚が打ちあげられていたのを、仲間のひとりが見つけた。からだこそ一見すると鱗や背びれのあるただの魚だったが、首がずいぶんと細長く、さきには人間の赤子のようなかおがついていて、これも人間によく似た形の口のなかに尖った小さな歯が並び、まだ息があるらしく、さも物を言いだしそうにぱくぱくとうごいていた。その気味のわるい魚を仲間で囲んで眺めていると、うちのひとりが、ひとつこの魚で商人を担ぐことができるかもしれない、と言いだした。その男はこう言うのだった。これを屋敷に運んでいき、商人に自分たちがたったいま目の前の魚がことばを話した、と言う。そしてことばの内容とは、島に疫病が大いに流行するから、すぐにも逃げだすがいいと告げたというものだった。それは妙案であるとして、さっそく自分たちは実行した。商人が男の言うことを信じるとはとうてい思えなかったが、とにかく雇った船乗りたちが恐慌をきたしている事態を目の当たりにすれば、このまま滞在の日を延ばしてしまうと、どうしても島を出たい者たちになにをされるかわからないと考えるにちがいないと思われた。

　ところが、自分たちの予想に反して商人はそんな迷信に怯えていてどうするのかと叱責を浴びせてきた。この商人も、どうやらただではない覚悟でやってきて自分たちを率いようと決意を固めていたらしく、その頑固さにどう立ち向かおうかと思いあぐねていたところ、あくる日にぐうぜん島で死人がでた。死んだのは、先ほどの話にあった、なにかと親切にしてやっていた夫婦だった。その知らせを受けるや商人のかお色は変わり、屋敷の者全員にすぐ出立の用意をするよう命じた。それで、けっきょく自分たちは十日目に船で島をあとにすることができた。

「はあ、男も、そんかか（その妻）も、ふたりして……そりゃ、どぎゃんして、ありじゃったと？」と男が訊いたが、それは夫婦が死んだのはたしかに病気のためなのか、それとも、なにか不運な事故にでも遭ったのかという意味だった。青年は男の問いかけには答えず——それか男の声が聞こえないのか——なにごとかを思いだそうとしているように、足下をじっと見つめていた。疫病の流行を予言する魚がでたと騒いだことで、自分は早く島に帰ってくることができた。だが、帰ってみれば疫病の流行が起こったあとで、知り合いのなかにも死んだ者が幾人もあった。こうして死人のでた家を手向けにまわっていてしみじみと、われながらばかげているとは思うものの、これも自分が遠い北の海に浮かぶ島に行くなどという平生ならばまずないことをしたのが、因縁となったのではないかと考えてしまうのだ。そう、しばらくのあいだ黙っていた青年は言った。そして座っていた石から腰をあげると、青年はまだこれからまわらなければならない家があるから、と別の石に腰掛けたまま自分を見上げている男の問いかけるような目に答えた。だが、それだけでは返答が十分だと思わなかったのか、立ち去るまえに、どうにも話しすぎた、なのに自分がなにを見たのかすこしも話せていない気がする、これからは陸の上の呼吸の仕方も学ぶためにひとと話すことにしようと思っている、と言った。あるいていく青年の後ろ姿を見送りながら、男はひとり残された静けさのなかでたしかにそうだ、と考えるのだった。もう十分すぎるほど話を聞かされたように感じているいっぽうで、男も、やはりあの青年は口を苦しそうに閉じたり開いたりしていただけで、すこしも話をしなかったような気がしていた。

夕方

奈美と知香が一緒に納屋まで向かった道を、今度は反対の方向に美穂たちは歩いていた。やがて吉川の〈新しい方の家〉の前に着いたとき、半ズボンのポケットから家の鍵を取り出しながら、美穂は軒の下に並べられた植木鉢に目をやった。「元気ないごたけん、水ばやっておこうか」と思案顔で言って、だがすぐに、ここならば雨が降り込むから大丈夫だろう、と家の中からホースを出してきて水を撒き、また片付けなければならない面倒を思い浮かべた彼女は胸の内で呟くと戸を開けた。

「臭っ！」開け放った瞬間、戸口から流れ出てきた黴の臭いに顔を顰めて言った声は、薄暗い、久しぶりに入る家の中にこだました。続いて入った奈美も「臭っ！」と、母とまるで同じことを言って、上がり口に置かれていたスリッパに、靴を脱いだ所からは少々離れていたが、無理に大股を広げて伸ばした足の先を差し入れた。そこかしこに黴が生えているような気がしたため、彼女はなるべく靴下越しとはいえ床を踏まないようにそうしたのだった。奈美が一階の奥の便所に行くと、そのあいだに美穂は二階に通じる階段の下に置いてある、大きなビニールの袋のファスナーを開け、大きな音をさせて中から除湿剤を次々と取り出しては床に積んでいった。

これが美穂の言っていた用事で、春先に来てからというもの一度も家を開けずにいたせいで澱（よど）みきった室内を換気するのと、湿気の多い島の気候によってすぐに生えてくる黴を、せめて少しでも防ごうと除湿剤を各部屋に置いてあるのを新しいものに交換するために彼女は寄ることにしたのだった。以前、一年近くこの〈新しい方の家〉に入らずにいたとき、床といわず机といわずソファに座蒲団にカーテンに至るまで、そこら一面に生える白や黒の、毛玉のように盛り上がった黴を家族の者たち総出で辟易しながら洗い落とさねばならなかったことがあった。棚の奥に仕舞い込まれ、水気から免れていたはずの陶器の皿にまで、濃い緑色をした黴が海藻のように伸び広がっているのを見て以来、美穂は半年か、あるいは三か月に一度、島に帰るたび普段は敬子に預けているこの家の鍵を貰い受けると、家の窓を開け放って除湿剤を取り替えるのだった。また更に美穂は、台風や大風のたび海から塩を含んだしぶきが家に降りかかるためか、故障の多い冷房の室外機が無事かどうかスイッチを入れて確認し、またこれも、外に置かれている油の貯蔵タンクが錆び付いて壊れていないか、風呂のガスに点火してみることも忘れなかった。

人が住まないことですぐに黴臭くなる家を、そうまでして美穂が手入れするのを、奈美は母の馴染み深い、依怙地な性格によるものだと解釈していた。そして、果たして実際に性格がそうさせているのかはともかく、臭いこそはするものの以前のように黴があちこち生えた状態ではなく、このどうにか清潔に保たれた〈新しい方の家〉のあるおかげで、奈美は年に何度かある長い休みを母の故郷で、誰に気兼ねもせず過ごせているのだった。正月の帰省のさいに美穂によって綺麗に拭き清められ、二個も置かれた芳香剤のために鼻の奥が痺れてきそうな香りの立ち込める便所から出てきた奈美は、台所の方から聞こえる「二階に置いとるとば持ってきて」という母の言葉をすぐに理解して、返事をした。

奈美は階段を上がると、四つある二階の窓をみな開け放った。ここだと黴の悪臭はなかったが、その代わり埃っぽく、二つある部屋のうちの片方には仏壇が置かれてあったため線香と灰の臭い、加えて藺草（イグサ）の臭いや座蒲団を仕舞う小さな物入れの中に放り込んでおいた虫除けの臭いなどの混ざった空気が立ち込めているのだった。

風を部屋に通すと、奈美は押入れの隅に置いてある除湿剤を取った。それからプラスチックのケース一杯に水が溜まったのを二つ、部屋の真ん中に置いて辺りを見回した。そして仏壇の下に一つ、窓と障子の間に二つという具合に、湿気を吸えるだけ吸い取って水が容器の中に満ちた除湿剤を全て探しだすと、両手に持てるだけ持って、そろそろとした足取りで奈美は部屋から階段に向かっていった。一階の台所で容器の蓋を破り取って中の水を流しに捨てている美穂に除湿剤を渡しながら、「何個置いてあった?」と訊かれ、「幾つだっけ、六、七個だったと思う」と答えた彼女は再び二階に上がっていくついでに、出してあった新しい除湿剤を、これも両手に持てる分だけ持った。その繰り返しで、すっかり古い除湿剤を新しいものに替え終えた奈美は、二階の絨毯が敷かれた部屋の真ん中に腰を下ろし、それからごろりと横になった。

別段眠りたいわけでもなかったが、何か頭の下に枕のような物があればと思いながら、ポケットから取り出した携帯電話の画面を眺めていた彼女は、ふと静寂に自分が投げ込まれたように感じた。開けた窓の外からは海鳥の鳴く声が聞こえ、どこかで木の葉の風に揺れる音がしていた。外の道には誰も居らず、ただ時折、一階から何かを捜しているらしい、美穂の独り言が聞こえるだけだった。

加代子や哲雄と居るときだけでは飽き足らず、一人のときでさえ話していなければ気が済まないのか、と奈美は階下から聞こえてくる、失せ物を捜しあぐねた者の困ったような声を聞いて面白く思った。そうしていると、鳥の声や木の葉の風にそよぐ音や美穂の独り言が何もせず横たわっている瞬間を流れていくという、ほとんど停止したような時間が、じきに終わることに対して惜しいような気持ちになってくるのを彼女は感じた。連休は今日で終わり、明日からは仕事が始まる。連休までに終わらなかった仕事の予定と、休みに入る前日にあった会社での飲み会で、同僚から聞かされた漠然とではあるが厄介な出来事の始末が、どうやら休み明けにあるらしいといったことを奈美は思いだそうとした。ある事業の前任者がすでに担当からはずれているにもかかわらず、取引先を相手に酒の場で口にした言葉によって、踏まえなければならない段取りが飛ばされてしまい、頭越しに約束を取り付けられた形になった現在の担当者と事務に携わる者たちの激しい怒りを買った、云々――しかし、そうした仕事のことを考えだそうとするや、奈美の頭の中ではまるで違う風景、草に埋もれた納屋や、その周りを動く美穂たちの姿が思い浮かぶのだった。また、雲一つない空の遥か上を飛ぶ鳶(とんび)や、隣の家の陰になった更地に咲く紫陽花や、椅子に腰掛けて自分と知香とをぼんやりと眺める敬子の表情も浮かび、仕事について考え、思いだそうとしていたことはみな、それらの後景へと押しやられてしまうのだった。

奈美はすぐに、現在自分が居る場所を流れていき、また流れている時間と、福岡の職場を思い返したときに流れているであろう時間とが、あまりにその速度に隔たりのあるために、上手く考えられないのだと分かった。一方は遅く、もう一方は速い。そして、ふとまた奈美は、今の吉川の〈新しい方の家〉で横になり、何をするでもなく過ごす時間が、いつまでも、それこそ永遠に続くような――そうではないと確信しているがために、むしろはっきりと――気がした。だがすぐにまた彼女の脳裏に浮かんだのは、いつまでも続くことの不可能と、現に至るところ見出される、流れていった時間の行きつく先の景色だった。

　美穂も加代子も哲雄も、今はそれを笑い飛ばしてこそいるが、もう決して若くはない。敬子は九十に手が届くところまで生きており、自分と知香も、もうあと数年で三十歳になろうとしている。島で吉川の家を知っている者たちも一人減り二人減りし、次第に少なくなっている。敬子や哲雄の語っていた、オジジが手に入れ、以来吉川の者たちの長く住まうことになった〈古か家〉も空き家になって久しい。

　敬子が居なくなったら、自分はこれまでのように年に何度も島に来るのだろうか？　まだ身体のあちこちの不調を訴えつつも、年寄りめいた様子を露ほども感じさせずにいる母たちが、いよいよ本当に年老いたらどうするのだろうか？　そうでなくとも、自分が結婚して、これまでの条件とはまるで異なる生活を送ることになったら？　今は美穂が余念なく手入れをすることで、荒(あば)ら家とならずに済んでいるこの〈新しい方の家〉も、自分たちがすっかり島を訪れることがなくなれば、〈古か家〉と同様に朽ち果てていく。納屋も、あと何度草を刈りに来るのだろうか？　そして奈美が頭の中で見ているもの、もっとも時の流れを示す眺めこそ、誰も来る者がなくなり、草の中に埋もれた納屋だった。

だがこのとき、もはや屋根まで草に覆われ、何も見えなくなった納屋を見る彼女の耳に、不意に加代子の声が蘇ってくる。「そりゃ、この納屋が吉川のやけんよ。使わんでも、刈らないかんじゃん」また奈美は、母の「良いやないね」と自分を島へと連れてくる車中で言った言葉も、その心に思い描く景色の中で聞いた。加代子がはっきりと言い、美穂もそれを当たり前のこととして言葉の中に含ませた吉川という家はすでにないはずだった。それは奈美の目にはただ二軒の空き家という形でしか見えなかった。しかし、この二人の姉妹が毛ほどの疑問もなく口に出した言葉は、そうした時間の経過をわずかばかりも感じさせないものがあるように奈美は思った。そしてそれは理屈によるものではない、少なくとも、何故草を刈る必要があるのか、という問い掛けからは、随分と遠いところにその答えのあるものなのだろう——そのことに奈美は思い至る一方で、しかし、そんなことはどうでも良いとも考えるのだった。なぜならば、美穂と加代子の考えや感じていることは、奈美にとって他人のものではなかったから。草を刈りに来ることに疑問を感じつつも、疑問があってもなくても美穂たちは草を刈るのを止めることはなく、またそうすることを自分は知っていると、彼女は心の奥底では分かっていた。「絶対に買って置いてあったと思うとったのにな」と美穂の言った声を聞き、奈美は起き上がると「ずっと何を捜しよるとよ？」と言いながら階段を下りていく。

二人は一階の除湿剤も置き換え、なお家の中で綺麗にできる物があれば拭き清め、なくなっている備品を、次に来るときには必ず持ってこようとメモを取ると、それまで開けていた窓を閉めて回った。美穂は腕に嵌めた時計を見ると、「まだ時間あるね、四時なっとらんもんね」と言い、片付けの際に椅子に放ってあったタオルを首に掛けて居間の灯りを消した。

「水はやらんと？」と、再び家の外に出て美穂が戸に鍵を掛けようとしたとき奈美が訊いた。

「うん。雨が降るやろうけん、良いやろ」と美穂は言った。

「もし降らなかったら？」

「そうね……かわいそうけん、水ばやって行く？」と言うと、戸を大きく開けて玄関の隅に置かれたホースを美穂は取り出した。「外の蛇口は、水は出る？　それ、前に来たときには出らんやったとよ」

　奈美は渡されたホースの先を取り付ける前に蛇口の栓を捻って、「出るよ」と撥（は）ねた水から身を退かせながら言った。

　奈美が水をやることになり、美穂は水が滞らないように巻いてあったホースを伸ばしていった。そして「もう良いっちゃない？」という奈美の声を聞き、家の前の砂埃ですっかり白くなっていたアスファルトの道が、流れる水で真っ黒になった頃に美穂は「うん。もう十分じゃろう」と言って栓を閉めた。

「おりょ（あら）、奈美、ほら！」

　蛇口から取り外したホースの口を下にして、それで中の水を抜いてしまいながら母が何かを見つけたらしく言ったのを聞いて、奈美は傍に近寄る。

「ほら！」

「何の花？」と、美穂が指でアスファルトのあちこちを示す先に、小さな花があるのを見つけた奈美は訊いた。植木鉢の一つに咲いているのと同じ花が、アスファルトの亀裂や、欠けたことでできた窪みから点々と芽吹いていた。

「四季海棠(ベゴニア)の花。へえ、植木鉢から種が飛んでいったっちゃろうね」

そう、美穂は幾度も感心したような声を上げるのだったが、どうやら、碌(ろく)に世話をしていなかったため枯れていても仕方ないと思っていたにもかかわらず、鉢を越えて小さな花を咲かせていることに、素直な驚きと喜びを見出しているようだった。そして、ありがちなことではあったが、最初に美穂からそれを指し示されたとき、鉢植えから離れて種が芽吹くのも別に珍しいわけではないと思っていた奈美も、あまり母が素直な態度で声に出して繰り返すのを聞くうち、確かに驚きもすれば喜ばしいことのようにも思われてくるのだった。

もうこれで用事は済んだ、とホースを玄関に仕舞い、改めて戸締りをすると、二人は敬子の家に向けて歩き出した。吉川の〈古か家〉の前を通り、細い路地から波止場沿いの道に出ながら、美穂は今頃になって草刈りの辛さが身体に表れてきたと言うように膝をさすった。「膝も痛いし、ほら、指も曲がらんし」と、横を歩く娘に右手の小指を見せると美穂は苦痛のために眉を寄せた。

「リウマチやろうもん。お婆ちゃんになりよるとよ」と奈美は言った。

「こっちの足の甲も痛いし、爪先も痛いし」

「なら、やっぱり草刈りは中止すれば良かったのに」と、もう疑問の答えを聞くためにではなく、思うにまかせない身体に困った表情を浮かべる母の気をまぎらせようと考えて、わざと自分の言葉を蒸し返して奈美は言った。「そんな痛がるんなら、そもそも家でドラマ観ながら寝ときないよ？」

「そうやけどさ、草の生えとったらかわいそうかろうもん？」と美穂は相変わらず痛みを顔に表しながら、しかし歩くのは止めずに言う。

「何がかわいそうなん？」

「納屋がさ」

母の言葉を聞いて（敬子の言う通りの美穂に似た声を我知らず喉から出しながら）奈美は笑いだした――そんな理屈は聞いたことがない、そもそも初めにはそのような理由で草刈りに来たのではなかったはずだ、と言うように。そしてまだ笑い終わらぬうちに「かわいそうって、うちの方がかわいそうよ、明日は朝から出勤なのに重労働させて」と言った。

「なんが重労働ね、ごみ袋にちょっと草ば詰めただけやない」と、娘につられて笑いだす美穂の声を聞きながら、結局は一つ所の思い、どんな理由であっても、そして終わってみれば愚痴をこぼすのが分かっていながら母は草を刈りに来るのだろうという思いを奈美は抱きつつ、もう近くに見えていた敬子の店の、すぐ隣に建つ家に視線を向けた。そこはかつて敬子の夫、もう五十年近くも前に世を早くした宏(ひろし)の身内が営んでいた酒屋だった。その身内も十年以上も前に死んでからは「内山酒店」と書かれた看板の下のガラス戸も普段は閉まっていて、中から日除けのカーテンが引かれていた。奈美が見たときにもやはり戸は閉まっていたが、ただカーテンがきちんと引かれておらず、店の土間を隙間から覗くことができた。

薄暗い土間の奥には、一人用のカヌーが置かれてあった。前なのか後ろなのか奈美には分からなかったが、舳先をガラス戸の方に向け、カヌーと同じ鮮やかな白と黄色に塗られたパドルが、心持ちこちらに平たい水を受ける部分を見せるような格好で、傍の戸棚の上に寝かされていた。カーテンの隙間から見える土間は広いものではあったが、明らかにその中にあって窮屈そうに、そしてその鮮やかな塗装のため周囲を圧するような雰囲気のカヌーがあるのは不自然に見えた。しかもこれは、もう随分と昔からそこに置いてあるのだった。どうしてこんな物が誰も住まない家にあるのか、奈美は朧(おぼろ)げな記憶をたぐり、いつか敬子が美穂たちにカヌーの由来を話していたことを思いだそうとした。「綺麗かね、ちゃんと大きく咲いてさ」けれども美穂が君子蘭を——昼にも同じことを言っていたが、まだ褒め足りなかったとでもいうように——眺めながらそう言って、風呂を沸かす音と、入浴剤らしい匂いが敬子の家の方から漂ってきて、更にテレビの音と敬子が知香と何か話しているらしい声も耳に入ってきたため、誰に話すわけでもない記憶を辿るよりも賑やかなのを好む気質であった奈美は思いだすのを止めると（また止めたことも意識することなく）、すでに裏口に向けて歩き出していた母の後をついていった。

カゴシマヘノコ

少年は中学の部活の先輩たちと仲良くなり、なにかと彼らと一緒に居ることが多くなった。それで、そろそろ距離をとった方がよくはないか？　と勘をはたらかせたのが二年の夏だったが、どうやら遅かった。彼自身は関与していなかったにもかかわらず、ゲームセンターでかつあげを繰りかえしたテニス部員を教師たちが網にかけるようにして、つぎつぎと呼び出して挙げさせた共犯者のひとりに少年はさせられてしまった。学校に呼ばれた少年の父親は応接室で彼を殴り、家に帰ってからも——当然の権利として彼が試みた弁明に耳を貸さず——殴った。高校を卒業してすぐに、横浜でバーテンダーになるための修業をすると言って家を出た兄が、読んでいた漫画に感化されて筋肉を鍛えだしたときに買った鉄アレイを持ちだした少年の、「きさん、ぜったいぶっ殺す！」という子供特有の、絶望したようなしゃがれ声も、酒飲みの漁師である父にはすこしもおそろしいものに聞こえなかった。「やってみろ！　親になんがきさんか！」と、父はもみ合った拍子に振り下ろされた鉄アレイが、したたか左の肩を打っても痛みにうずくまりもせず怒鳴り声をあげ、家中に響く自身の声によっていっそう怒り狂い、その興奮のため痛みを忘れたように組み合った我が子の頭を左腕で殴りつけるのだった。だれも止める者はおらず、またこうした父と子のあいだの、たいていのばあい罵り合いに終始するが、少年がなにか厄介ごとを家に持ちこんできたさいには一方的な打擲にたどり着く諍いは、ほとんど毎週のことなのであった。母は少年が幼稚園の頃に、この酔漢の陣取る家から立ち去っていた。

取っ組み合いの喧嘩があった翌日、普段ならば朝早くから漁港に行くか、さもなくば起きだして早々に居間でテレビを観ながら酒を飲みつつ、この類の人間がいかにも口にしがちな「朝から飲むもんはアル中ばってん、おれのばあいはちがうっちゃけんな。これから寝るけん、寝酒で飲みよるっちゃけんな」という、息子の視線に答えてしばしば好んで持ちだすことばを口にする父の姿が見えないのに、学校に向かう支度をする少年は気がついた。これも普段であれば、べつに奇怪なこととも思わなかったが、父の定位置ともいうべき居間の座椅子が空っぽであるのに気づいたとき、それまでシャツの襟のボタンを留めながら、放課後に職員室に出向き、呼び出されたときに鞄に入れていたため没収されたMDウォークマンを取りに行かねばならないのだったなと、うんざりしながら考えていた少年は、ふと昨夜の喧嘩の光景を思いだした。重たい塊が肉にぶつかる鈍い音と、痛みからというよりも、不意の衝撃におどろき、飛び退こうとして発した父の短い叫び声。その瞬間が記憶によみがえると、まさか、あのとき与えた打撃がじつは致命的なもので、そうと知らずに眠ってしまったのではないか、居間の横の閉め切られた寝室で、いまは死体となって横たわっているのではないか――そう少年は、なにやらおそろしいものに出くわしでもしたときみたいに、いやなものが胸の辺りを駆けめぐるのを感じながら、凍りついたように手足を硬直させて突っ伏した父を想像するのだった。彼はそっと寝室の襖を開けた。部屋の窓の、閉じてあるカーテンの裾の下だけが朝日に照らされて明るく、あとは暗かった。窓の方に向いて敷いてある蒲団は膨らんでおり、暗がりに枕と、その上に置かれた頭が見えていたが、うごく気配はなかった。「行ってきます」と、中学に上がってから一度も言ったことのないことばを、気がつくと少年は口に出していた。やはり盛り上がった掛け蒲団も、下からこちらに向けてはみでた足も、黒々とした髪もうごかなかったが、たしかに父は長い、しだいにあくびへと変わっていく唸り声を発した。「死んどらんし」と少年はようやく寝返りをうって身体を伸ばしているらしい、蒲団のなかの父に向かってつぶやくと（それとも自分に向けて言ったのかもしれない）、玄関に向かった。

それから十日ほど経ったある日、学校から帰ってきた少年は、家の前に停まる父の軽トラックの荷台に黄色いカヌーが積んであるのを見つけた。帰宅した彼が、外のカヌーを見たことに気づいた父は唐突に、ほんとうにだしぬけに、あすから夏休みいっぱい学校には行かずともよい、そのかわり、あれを漕いで対馬でも佐賀でも大分でも、とにかく自分の体力のつづくかぎり遠くの海を渡ってくるよう言った。父の口調が、まずこういったひとり決めに決めておいた突拍子もないことを言いだす者にありがちな、まさか提案が拒否されるとはみじんも思っていない押しつけがましいものだったのと、ここ十日ほど、以前にくらべて酒量をおさえ、すくなくとも朝から飲みだしている日が二日しかなかったのは、こんな計画を頭のなかであたためていたからだったのかと思い至ったため、少年は呆れもし反撥もしたのだった。辛苦を味わった息子が成長してくれ、すれば手をわずらわせることもなくなるだろうと短絡した思考の果てに、きっとテレビでも観ていて観光地のカヌー体験をする子供の映像から思いついたのだろう。そのときの父のかおを、少年はまざまざと思い浮かべることができた。この酒飲みはなんてばかなんだろう！　そう彼は思わずにはいられない。しかし十代になってからこの頃ますます、彼のなかで父という人間がしだいに理解できるようになってきてもいた。それで、この命令の調子をおびたばかげた提案を聞いたときにも、目の前の人物はこういった言い方とやり方しかできないのだろうと、ことの是非から離れた見地から漠然と納得もしているのだった。数度の問答を繰りかえしたのち、ついに少年は父の提案を容れることにした。というのも彼がそうしたのは、万が一に旅先でなにか起きたばあいと、なおまた水と食料の調達、夜にどこかの港に入ったさいの宿泊費にそなえて、三十万もの金をあらかじめ持たせてくれるという確約を取りつけたからであった。

カヌーが家に届いてから一週間は、少年がうまくパドルでカヌーを操るための訓練の時間に費やされた。日暮れまえの時刻になると、家で待っていた父は彼を車に乗せ漁港に連れていき、船を揚げるための勾配が設けられた浅瀬にカヌーを浮かべた。そして、手漕ぎの舟に乗る経験のなかった父は、ただ「どうや？」や「もっと、スムーズにうごかせんとや？」といった感想を、パドルの使いかたがまずいためか、かおに水をかけながら必死で手をうごかす息子に向かって言うだけだった。土曜日もおなじことが朝から繰りかえされ、日曜日には身体を休めて、夕方に海上で必要と思われる物を買いこんだ。翌日の朝、父は電話をかけて、もうしばらくのあいだ息子が学校を休むことになると、どうやら担任らしい相手に向けて話していた。それを少年は居間で朝食をとりながら、いったい父はどうやって数十日も学校や部活を休むという理由をひねりだすのか聞き耳を立てていたが、「親戚が……まだこっちもぜんぜんわからないもので……他県の方ですけん……」と曖昧な、なにやらかき口説くような口ぶりで言っていることしかわからなかった。「食べたら、ちゃんとトイレに行っとけよ、うんこしたなっても、海じゃできんけん」そう、電話を切った父は言うと、いつもは酒を注ぐコップになみなみと麦茶を入れて、話し疲れたというように喉を鳴らして飲んだ。

ところで朝食をとりつつ父のことばに殊勝に頷き、また昼前に家を出るときも車のなかでも黙然とまえだけを見つめていた少年は、いよいよカヌーが浅瀬に下ろされて、そこに乗り込んでパドルで沖へ向けて進みだした瞬間まで、約束を果たすつもりは毛ほどもなかった。彼は父が見送る波止場を出て、自分の姿が見えなくなるや海岸沿いに進んでいき、漁港から離れた浜辺でも、川にかかる橋のたもとでもどこでもいい、とにかく岸に上がることのできる場所まで漕いで、そのままカヌーを捨ててしまおうと考えていた。どうして父のつまらない考えに付き合って、ひとりで海に出る必要があるというのか？　三十万円はきのうの夜のうちに手渡されていた。この金があればどんな店にでも入ることができる。すでに幾人かの友達には、学校で自身の企みを話してあり、いつでも泊まりにきてもよいという快諾も得ていた。よし友達の家に居つづけることができなくなるとしても、そのときには久留米の祖母の家に行けばいい。父と喧嘩をした、学校でもいやなことがあった、そう言えばきっと、気のすむまで婆ちゃんの家に居ってよかよ、と同情してくれるはずだ、いつだって婆ちゃん家はおれにとって避難所だったんだから、今回だってきっと――そう、少年は腹のうちで考えていた。この計画にそなえて、カヌーの物を収納するための場所には、雨具やペットボトルや食料とともに、およそ航海と無縁なお気に入りの整髪剤と携帯電話の充電器とMDウォークマンが忍ばせてあった。そうであったからこそ、少年は岸から離れていけばいくほどに、あたためていた計画がなにやらつまらない、面倒なものに思われだしてくるのを、自身信じられずにいた。なおまた、パドルをひと漕ぎするごとに、この期におよんでものを考えたりするのはばかげている、とにかくなにも考えず、一切をうっちゃってしまって先に進んでいきたいと思いはじめていることも、彼は信じられなかった。その自己への不信をよそに、少年のかおには、ひとつの動作を繰りかえすことに、楽しみのありたけが詰まっている遊びを無心に打ちこむ者特有の、あの苦と楽のどっちつかずな表情が、固着したように張りついていた。目も鼻もじっとうごかずに、ただ唇だけがひっきりなしに息を吐きつづけるために震え、ときおり少年自身では気のつかない笑みによって持ち上げられるのだった。目の前にひろがる景色のなにもかもが、少年には青みがかって見えた。ちょうど沖に出たところだったため、まだ右の方には長く薄く、ずっと陸地がつづいていて、白や灰色やオレンジや緑色の建物がびっしりと建ち並んでいたし、そのマンションや工場やショッピングモールの遥か向こうには山が連なっていた。また水平線にはタンカーのような大きな真っ黒い船の姿もあれば、円いかたちに木の生えた小島も見えていた。だが後景であるべき空と海があまりにも広々として、また遠近の中心点の置き所を失わせるほどどこまでもつづいていたものだから、そうした人工物や小島のひとつやふたつは、みな濃淡のちがいこそあったが青のなかに溶け込んでしまっていた。少年はただひたすら手をうごかし、呼吸を整えてすこしでも楽に速く進むことだけを、いわば押して引く動作を通じて考えていた。この頭ではなく手のうごきで考える、というよりも考えていたのに気がつくという体験の、時間を忘れさせるような楽しさを、彼はほとんど生まれて初めて味わっていた。そして、楽しみを見出していたのに夢中のあまり、彼は自分が一切なにも考えずにいると思っていた。だが、気がついていないだけで、パドルで立てる水音やカヌーの下に潜りこみ、また脇腹をかい潜っていく波の音にまぎれながら、少年はずっと考えつづけている。また鳴った、と、彼は手で考えるのだった——うん、肘を折り曲げるたんびにコクッていう音が鳴る気がする。これはあれだ、部活の練習の帰りに、こっそり自転車に乗っているときにも、ときどきこんな音が肘の辺りでして、すこしだけ痛む。なんだろう、あいつ（少年は父のことを内心では常にこう呼んでいた）に言ったら、成長痛だって言ってたけど、そうなんだろうか？　疲れてる？　いや、ちがうな。疲れるどころか、ぜんぜん飽きないで、やばいくらいだ。なんだろう、雲が、なんだか下の方に垂れてきてる？　それでなんだか、風が冷たくなってきた？　雨が降るのか海が荒れるのか、その予兆なのか？　海、この粘っこい、そう、波がザーザーッて立ってるところと、なんだか固まった糊みたいにベターッてしたところがあるけど、この、うん、海だ。海がさ（そう何者かに語りかけるような口調になりながら）、いまは晴れてるけど、急にすごい嵐になったらどうなるんだろう？　大雨が降ったら、まず、中に水がたまってくるだろうから、それを掻きだす。でも、それでもどんどん水が入ってきて、ていうか、波ですごい揺れて、ええと、そうすると、海に落ちて死ぬんだ。でも、それってやばいな。というか、いま、すごいやばいことしてるってことか。だから楽しくてやばいんだろうな。あ、今度は腰の骨も音がしだした。こっちはけっこう痛いぞ。やばいな。そう、やばい、やばい……あいつは、けっこう本気で見捨てるつもりなのかな？　もう、家族とか、そういうのをするのがいやになっている感じだもんな。兄貴からこのあいだ電話あったけどさ、東京に来れば家に泊めてやるよって言ってたから、やっぱり将来は東京に行くことになるのかな？　中卒かよ、仕事ねえよって、やっぱり言われたりするのかな？　雨？　いま、ほんとうに雨が降った？　いや、ちがう。汗が乾いて腕が冷えてるんだ。これもやばいな。鮫とか泳いでるのかな？　やっぱり、落ちたら襲ってくるんだろうか。それとも、いきなりザバーッって、腕に嚙みついてくるんだろうか？　でも、子供を捨てるために三十万って安くない？　それって、まじでチャク（横着）くない？　というか、犯罪になるんじゃないか？　いまだって、学校が怪しいって思って、そんな夏休み明けるとか、そんなぐらいの期間をずっと子供をさ、学校に行かせないって、ぜったいに怪しいから、殺したとか、事件に巻きこまれたとか思って、警察に通報するのかな？　そうしたら、あいつ、なんて説明するんだろう？　でも、うん、そうだよな。警察も、先生もあいつを相手にしないで、ほうっておく気がする。ミカ姉ちゃんや久留米の婆ちゃんも言ってたもんな、あいつは通報しても無理だって、死ななきゃ治らないばかだって……船だ、なにかを釣ってる。やっぱりな、おっさんがこっちを見てる。そりゃそうだろうな、でも、まさか通報なんてしないだろうな。こっち来て捕まえるとか、するわけないよな。「網に、気ぃつけて漕がんと引っかかるばい！」なんだろう？　なにか叫んでる。聞こえてますよ、でもね、聞こえてんだけど、なにを言ってんのかわからないんだよ。キレてんのかな、いや、笑ってる。やっぱりな、意味がわかんないのかな。ああ、なんだか鼻の奥が辛い。ずっと海のにおいを嗅ぎっぱなしだから？　じっさい、なんでカヌーなんて漕いでんのか、自分でも意味がわからないもんな。そう、どうなるのか、ぜんぜんわからない。わかるのは、けっこうこういう運動が好きなんだっていうことだけ。そうだったのか、テニスもまあ好きだけど、でも、もうあの部室には入れないな、またあの先輩たちと会うのは、さすがにきついな。というか、あいつら、ばれたのはかつあげだけなのかな？　だいじょうぶかな、コニシ先輩のシンナーは見つからなかったってことか。あいつ、ほんとうにやばい。ペットボトルに詰めたやつを部室に持ってきてたし、五千円で工場からこっそり売りに来るひとから買ってるとか、頭おかしいよ。いや、そうか。テニスが好きとか運動が好きなんじゃなくて、こういうの、なんていうんだろう？　冒険っていうと、ルフィかよって感じで恥ずいけど、なんていうんだろう、こういうの。ぜんぶ太陽の光？　すごいな！　海の上に道みたいに、光が広がりまくってる。すごい！　写メ撮ろうか？　いや、逆光で無理か。すごい！　光のなかに、このまま進んでいくとカヌーが入っていけるかな？　そのまえに夜になる？　いや、だいじょうぶっぽいな。そうか、ていうか、だからさっきから涼しいんだ。夕方になってきてるんだ。雨とか、だいじょうぶだったのは、ほんとうによかった。あいつは天気予報を調べてたし、ぜったい晴れるとか言ってたけど、いちおう当たってたんだな。すっごいまぶしい！　やばい、目を開けていられないぐらいの光って、すごすぎる。でも、ちょっと目が痛いし、なんだか目を閉じながら漕ぐと疲れてくる気がするな、そうか、目をつむると手をうごかすのに集中しちゃうってこと？　だから、それに気を取られるから疲れるっていうこと？　なんだろう、ああ、ほんとうに疲れてきた。ずっと見えてるあの島に向かってるけど、どうしよう？　でも、どうしようっていうか、もう入るしかないな、だって、夜はぜったい漕げないもんな。夜は、さすがに怖いって。あそこが湾の入り口、うん、行こう。だって、夜はおとなでも怖いって言うよ、ぜったいに……。

　西日が明々と照らす、真っ白な波止場のコンクリートの岸壁にカヌーを寄せた少年は、横に延びる高い壁の一画が切り取ったようにくぼんでいて、階段が設けられた箇所を見つけると、そこから陸に上がろうと試みた。ところが海面から階段までの高さは、少年の背では腕を伸ばしても、かろうじて指先がほんのすこし届くだけだった。それでも、どうにかして上がれないかと揺れるカヌーの上に立って骨折って摑まろうとしていたとき、頭上から「あんた、どげんしよっと？」という声がした。少年は身を固くして、階段にかけていた手の指も離すと、上から自分を覗き込む男の訝(いぶか)しげなかおを黙って見つめた。「どこのひとね？　ここは、あれぞ、漁船の泊まるけんから、舟ば置いといたらいかんぞ」と、ひとめで漁師とわかる、日焼けしたかおの男が重ねて言っても、なお少年はひとことも返事をしなかった。しかし、このとき彼は自分がなにをすべきか、どういうふうにするのが、この場をもっともかんたんに切り抜けられるか、素早く頭のなかで考えをめぐらせているのだった。それで、相手がどうにかしてやらねばと思うようになるまで、いかにも困り果てたという様子を演じるにしくはない、こう少年は考えると、慌ただしく辺りを見回す仕草をした。この物言わぬ不意の来訪者のかおだちに子供の特徴を見てとった男は、相手の沈黙が疲れて憔悴しきっていることからきているのだろう、とつづけて視線をカヌーの上に置かれたパドルに向けて考えたらしく、少年の期待通りのことを言った。つまり、停泊するなら湾のなかに入れ、そこからの方が陸にも上がりよいから、と男は少年に向かって言うのだった。「わかりました、ありがとうございます」と少年は言った。そう言ったさいの自分の声が、いかにも弱よわしい、疲れた子供の喉からしぼりだされる甲高いものだったのに彼は気がつくと、急に、陸に上がった途端にどこかに連れていかれ、警察を呼ばれるのではないかと不安に感じだした。だが同時に、だいじょうぶさ、まだ子供だとわかれば大目に見てくれる。いまだって親切にしてやらないとって、あの漁師もそう思ったから湾から上がれって言ったんだから、とも考えながら、彼は水面に太陽の光が照りかえってまぶしい湾内を、ゆっくりと漕いでいった。湾内の岸からは、潮の満ち引きにも船の乗り降りに不便しないよう、タイヤや大きな発泡スチロールの塊を繋ぎ合わせ、そこの上に板を置いて浮かべた小さな渡しが幾つもあって、そのうちのひとつに少年はカヌーをつけた。板に結んであったロープのうち、ほかの船に繋がれていないものが一本、海にずり落ちるようにしてあったため、彼はそれを引き上げてカヌーの取り付けるための穴に通した。それから、久しぶり（ほんとうに久しぶりに思われた）に折り曲げていた脚を渡しの板に乗せてカヌーから降り立つと、財布と携帯だけを入れた防水のナップサックを背負った。そうして小さな防水の岸と渡しのあいだに架けられた細長い板の上を、少年は足がふらつかぬよう気をつけながらあるいていった。

波止場に沿った道路に少年は出ると、道の左右を見渡した、右と左のどちらに行けば盛り場とまでは言えないにせよ――それは湾のなかを漕ぎながら眺めた家並みから、すでにわかっていたから――食事がとれる店か、さもなければ休憩だけでもできる場所があるのか探すように。しかし、店らしい構えの建物は見当たらず、道行くひとの姿さえなかった。ただ、少年のいるところのすぐ近くに建つ家の戸が開いて、手に鍋を持った五十歳ばかりの女が出てくると、彼に一瞬だけ視線を向けてすぐにそらした。それから岸辺に沿って設置してあるガードレールの前まで女は来ると、海に向かって持っていた鍋を逆さにして振った。少年はその動作を見て、水に物が落ちる音を聞きながら、なぜともなくここに着いたのはまちがいだったと思った。あるきだして右手に並んだ家々の戸口を見ているあいだも、彼はこのまちがってしまったという思いをつよく感じるのだった。そこかしこ見出される古ぼけて、錆びつき、あるいは色あせた家の屋根や壁や、閉めてからもう長いこと経っているだろうことのうかがえる、何かを売る店の窓にたまった埃などといったものから、ここにはコンビニもなければ、自販機さえもないのではないかと考える。やっとほかの家とちがう装いの、一軒の白い建物が見つかり、波止場のだだっ広いところにぽつんと建っているところからして土産物屋だと睨んであるいていくが、それは公衆便所だった。まだ空には西日が照り渡り、おそれている夜は来ていなかったが、それでも、いったいこんな、なにもない島でどうしようと考えながらカヌーを泊めたところまで戻った少年は、はじめ自分の降り立ったところのほとんど目の前に、商店の看板が付いた建物があることに気がついた。植木の並ぶ通路の奥に目を凝らし、明かりの点いていることをたしかめた彼は、ほっと息をつくと同時に喉の渇いているのに気づき、カヌーに載せたぬるい飲み物ではなく、よく冷えた炭酸のジュースをどうでも買おうと決めて店に入っていった。

ガラスの引き戸を開けた少年は、入ってすぐのところで大きな身体をした男が、半袖のシャツからむきだしになった太い腕を組んで立っているのに出くわした。奥には商品を置いた棚の並んでいることから、たしかに店であるはずにもかかわらず、高い段のようにしてある、テレビに机といったものの置かれた畳敷きの部屋がそのまま客から見えている家の造りに面食らうと同時に、その部屋の座椅子から男と話していた相手がこちらを見ているまなざしにも出会った彼は、まごついたようにその場に立ち止まった。男は店の前の道路に居たときから、もう彼のことに気がついていたらしく、「ほら、言いよった子よ。ボートで、入ってきよったな?」と、日焼けしたかおを向けて言った。その男はさっきから自分のことを話していたらしい。少年は「はい」と言って頷きながら、男の指のあいだに挟まれていた煙草から立ち上る煙が、商品の置かれた棚の方へと流れていくのを眺めていたが、「どこから来たと?」という、年寄りらしい声のした方にかおを向けた。男の話し相手をしていた老婆が、入ってきたときと同様にじっと見つめながら、「がくしぇーさん?」とまた重ねて訊いた。「長崎の高校生やろ。ペーロン（手漕ぎ舟の競漕）の部活で、あちこち遠泳のごとして漕がされよるとやろ?」と、老婆のことばを男が引きとって言ったのを、少年は「いいえ、長崎じゃないです」と思わず口にした。もし長崎と答えれば、どうやら自分よりずっと詳しいらしい男から、どこの地区で暮らしているのか、通う学校の名はと訊かれかねず、嘘をついていることがあきらかになってしまう。かといって正直に父とのいきさつを言うのは、なんとなく恥ずかしかった。少年は頭のなかでこれらのことをすばやく考えると、できるだけこの島とゆかりのない場所を言おうと決めた。それで、考えをめぐらせて「鹿児島です」と、彼はうつむきながら言った。「はあ!そうや。そがんところから来たと?」と男が驚いた声を上げた。「ばってん、いつから出発したと?　なあ?　こがん日焼けして、おじちゃんも手漕ぎのボートげな、ようは漕がんばい」と、また男が重ねて訊くのに、「一週間まえです」とだけ答えてから、きょう一日でそんなに日焼けしただろうかと自分の腕を見やった。そして、どうやら部活で日焼けしているのを、相手が航海によるものと勘違いしたらしいと知り、これはいよいよ鹿児島から来た人間として通してしまおうと少年は決心するのだった。「鹿児島のどこから来たとね？」と、今度は老婆が訊いた。「ヘノコっていう、町です」そう少年は、即座に答えてから、どうしてこんな、いままで口にしたこともなければ、まだだれかの話にも出てきたことのない地名を言ったのか自身不思議に思いもし、また、もしもその地名が鹿児島にはなく、そのことを男と老婆が知っていたら、という不安が、背中から首の辺りをぞわぞわとさせながら脳裏をよぎった。さいわいに目の前のふたりともヘノコという土地の名に思い当たるところはないらしく、「ずっと九州ば、鹿児島から漕いで上がってきたとやろ？」と男が言い、老婆も「途中で、どこかに寄ってこにゃ、そがん、ボートで寝られんもんな？」と問いかけてきて、鹿児島のどこから来たのかという疑問は流れていった。少年はそれらの問いに、はい、であるとか安い宿を探して、などと答え、そうしてますます鹿児島からカヌーで九州をめぐろうと試みる高校生になりすましながら、不意にどうしてヘノコということばが口をついて出たのか思いだしていた。いつだったか、夜に酒を飲みながらテレビを観ていた父が、笑い声を洩らした。次いで鼻を鳴らすと、冷蔵庫から飲み物をだすため台所に立っていた少年に向かって「ヘノコってな、おい、知っとるや？　ちんぽこって意味やぞ？」と言った。は？　急になに言っとーと？「テレビでいま言ったろが？　ヘノコって」は？　そんなん知らんし――「ずうっと、九州ば一周すると？　それとも、対馬ん辺りまで行くてしよると？」と、老婆が訊いた。彼は老婆のかおに目を向けた。その表情は変化にとぼしく、入ってきてからにこりともせず、かといって訝しげにこちらの素性をうかがうようなものでもなかった。この表情のとぼしさを少年は、祖母のかおのうえに見慣れたものだった。ずっと小舟を漕ぎつづけるのか？　と訊かれ、彼は自分がどうするつもりかわからずに、「ええと」と言った。「一周は、むつかしかろうや、なあ。また漕いで戻るっちゃろう？」と男が訊いてくるのに、少年は「いや……」と言った。このあとにつづくことばを、急いでつくらなければならない、それも、父から金を渡されて海に放り出された中学生ではなく、鹿児島から来た高校生として。

彼は気がつけば汗で濡れた両手を開いたり閉じたりしながら、「ぼく、すぐに鹿児島に帰んないといけなくて。ぜんぜん、予定とか立てずに出発したから、きのう親にホテルから電話したら、すごい怒られて……すぐ電車かバスで帰る必要が、だから、できたらなんですけど、カヌーを置いて、かならず取りに来ますから……」

ああ、ウォークマン忘れた。ワックスは、まあ、安いやつやったけど、でも、まじか。忘れてきたし。まじ最悪や。でも、また買えばいい。そうだった。金、すげえ持ってるんだし——そう、少年の手はまた彼自身の意識の局外で考えるのだった。店の主と客の男は、少年の訴えを、それまでなにも変わらない表情で聞くと、ふたりともなにやら喉の奥の方で音を鳴らすようにして、「おお、そうな」と唸るように言った。そして、困惑しているとも怪しく感じているとも、あるいはまったく別のことを考えているともとれる目つきで、どうか虚言が見破られませんようにとだけ願っている少年の腰の辺りに視線を落としていた男の方が、名前と電話番号を一筆したためるように言って、老婆が差し出した新聞の折り込みチラシを上がり口に置いた。少年がでたらめな名前と、最後の数字を変えた電話番号を書き留めているあいだ、男は老婆に向かって「隣の、内山に言うてさ……フミヤくんの居れば、あとで頼んでくれればよかけん……」と、なにか相談ごとを話していたが、書き終えた紙を、ふたりのうちのどちらに手渡そうかと迷っているらしい幼いかおに気がつくと、「父ちゃんの怖かつきゃ？　それか母ちゃんの方がや？」と笑いかけた。少年は笑みを浮かべたが、おまえは男の冗談に付き合っている時間はないぞと言うように、老婆が「いまからやったらさぃ、もう、早よ船に乗らないかんとじゃなか？」と、店の壁に貼られた船の時刻表に、皺だらけの指を伸ばしながら言った。

それで少年は財布と携帯以外にはなにも持たないまま、ただ片手にコーラのペットボトルを、もう片方の手には切符を握りしめて、島の船着き場で船が来るのを待っているのだった。ああ、最悪や、ともう取りに戻ることのできない荷物への未練から、彼は何度でも心のなかでつぶやきながら、同時に、切符を握る手で考えつづけている。しかもそれは、パドルを手に握っていたときとちがい、自分の頭とは別のところから明瞭なことばとして降りてくるのを彼は感じ、かつ、それがみな単なる思いつき以上の、素晴らしい考えのように思われてならない。あんまり使いすぎないようにしないと。あの婆ちゃん、船を降りたら目の前に佐世保に行くバスが出るところがあるって教えてくれたけど、ほんとうにあるんだろうな。というか、ここの船着き場にもぜんぜんひとが居ないのに、バスとか出てんのかな。まあ、この島以外からも佐世保に行くひとが居るんだろうけどさ。切符は、最終の一本まえだから、たぶんバスもそれに合わせて最終便の時間まであるって言ってたから、だいじょうぶなんだろうけど。あれ？　あれが船？　そうか、けっこう大きいやつだ。船酔いとか、すごいきらいなんだけど、揺れないかな。でも、佐世保に着いても、きょうのうちには鹿児島には行けないって言ってたな。ホテルは佐世保ならいくらでもあるよな。修学旅行で佐世保行くって、けっこう聞くから、ぜったい泊まれるところあるよな。そう、ちゃんと金はある……そうだよ、あいつはびびらせようとしたんだ。せびって、それで、カヌーなんてばかげたことをあきらめさせようとしたから、いっそこっちが逆にびびるくらいの金額にしてやろうって思ったんだ。ほらね、ああいうことしかできない。ああいうことでしか子供と付き合えないんだ、あいつは。そうだよ、だから、べつに見捨てようと思っているわけじゃないんだ。なるほどね。すっかりわかった。だから、こっちの方から見捨てたくなるんだ。もし鹿児島に行けなかったら？　福岡に戻る？　いや、どうせなら鹿児島に行って、それから、その先にも行こう。鹿児島の向こうってどこ？　宮崎？　沖縄？　沖縄って島だよね、飛行機でしか行けないのかな。でも、すくなくとも、補導されるか、金の残りがギリになるまではできるだけ端っこに行こう……なんだっけ、ヘノコ？　うん、端っこまで行こう。まあ、もうここには戻ってこないから、やっぱりウォークマンはあきらめなくちゃ。あのおっさん、ちゃんと念書を書かせるとか、まじ、ゲーセンの店員かよって話やし。あと、おっさんはずっとボートって言ってたけど、あれ、まじでつっこみたかったな。捨てるにも保管するにも場所がいるから、かならず取りに来いって。ごめん、戻ってこないよ。でも、うん、もし高校卒業した頃なら、戻ってくるとかも面白いかもしれないけど、たぶんない……ああ、兄貴もそうだったんだ。あいつの考えを見抜いたから、家を出ていったんだ。だって、兄貴はべつにあいつと喧嘩ばっかりしてたわけじゃなかったし、あいつのことをらいとも言ってなかった。ただ、あいつの手の内がすっかりわかって、うんざりしてたんだ。でも、それでも、兄貴は高校卒業したんだもんな、いいな、くそ。

なんでまだ中学に行かなきゃいけないんだ。早く高校に行って、それで、卒業するか、中退でもいいし、とにかく外に出たい。自分の金で外に出たい。そうだった、鹿児島に行く船の時間も調べとかないと。ドンキは佐世保にあるのかな。着替えないと。ぜったい汗くさいし、いま。コンビニはぜったいあるから、そこでも……あの婆ちゃんの店に香水とかあったらよかったのに、だれも買わんやろって言って爆笑するけど。でも、ジュース好きなの持ってけって言ってくれたのは、まじでありがたかったな。でも、鹿児島に着いて、そのずっと先の端っこのヘノコに着いたら？　どうしよう。いや、うん。そうだ、またおなじだよ。そうだよ、また話を作って、どうにでもできる、何度だってそうだよ。何度でも嘘をついてやる、家を出るまで……。

帰路

美穂と奈美が家に入ってくるや、加代子が「今コバヤシのおばちゃんが来てさ、鯵（あじ）の開きば持ってきたけん箱で貰って帰りないって」と言って、食卓の傍の椅子に積んで置かれた薄い段ボール箱を顎で示した。

美穂が「姉ちゃんは？」と言ったのだったが、これは姉の分はどこか別にして取ってあるのか、それとも三箱をこれから分けるのかという意味であった。「うちはよか。ミーちゃんのとこが貰いない」と加代子は言い、すぐに「ええ、うちも食べるとは明義とうちだけよ？」と姉の言葉を受けて美穂が答えて、「じゃあ、あっちで、福岡で分けてもらうけん。今度会ったときに頂戴よ」「分かったけど、半分こ？　半分でも多かね……兄ちゃんは？」――食卓の奥の、冷房の風がもっとも良く当たる場所に座り込み、上が肌着一枚であるのと猫背気味の姿勢をとりながら腰掛けているのとで、その突き出た腹の円みがすっかり分かる、だらしのない格好で酒を飲みだしていた哲雄にとって、二人の妹たちのやりとりよりも、テレビに映っているどこか外国の事件の詳細を聞いている方に、風呂上がりの心地良く緩んだ意識は向いていたらしい。

まだ飲みだしたばかりであるというのに、哲雄は「うん、まだ何も食べんでよか。これば飲んでから、ビールと一緒に食べるよ」と、一応耳に入ってはいた妹の言葉に対してそう言って、「なんば言いよっと、コバヤシのとこから貰った鰺よ」とすぐに美穂に言われてから、やっと妹たちが何を話していたのか理解して「ああ、おれの家の分は、まだあっちの冷凍庫に貰とるけん、よか」と言った。敬子は隣の居間の絨毯の敷かれたところに腰を下ろし、日記代わりにも使っている出納帳にペンで書き付けていた。美穂たちがやって来たと記された欄の下に、鯵の開きを貰ったと彼女は書き、返礼の品をどうするか考えていたが、同時に脚が浮腫んで妙に熱っぽく、またわずかに痛むようにも感じて、つくづく己が身のくたびれ弱っていることが思われて溜息をついた。そうして、折り曲げていた脚を伸ばすか、それとも膝を揃えて座り直そうかと思い悩むのだった。伸ばしたことで余計に痛みが増しはしないか？　しかし、かといってこのまま曲げていると、ただでさえ普段から曖昧な膜にでも覆われているかのように感覚のない脚が、一層痺れてしまい立てなくなる。短い、そして誰にも見えないところで逡巡をした後に、敬子は非常な努力の末（そしてこれもまた誰にも見えない）、ゆっくりと脚を伸ばすのだったが、ふとその靴下を履いた爪先に何か冷たいものが触れた。それは、机の下に潜り込むようにして居眠りをしている知香の脚だった。ちょうど机の端に積まれた新聞やチラシの束で陰になり、敬子の位置からは見えないところにあった寝顔を覗き込むと、「おりょ、知香ちゃんね」と言ってから、そういえば美穂たちは今日中に帰るのではなかったかと彼女は思いだした。「ミーちゃん、まだよかかと?」と敬子は隣の部屋に声をかけた。

明日が連休明けの仕事始めであったから、奈美と知香とは美穂が一緒に連れて帰ることになっていた。加代子と哲雄は泊まっていく。出納帳を捲り、先週に電話で伝えられてあったことをそのまま書き出した箇所を見つけだした敬子が、「最終の便やったら、もう船の着いとるんじゃなかかと?」と言っているのを、美穂は「最終やけど、まだ時間あるけん。ちょっと休憩してお茶ば飲まんとさ、ずっと草刈りしてすぐに、あっちの家の掃除もしたっちゃけん」と言って、すぐには立ち上がりたくないといった調子で、昼に食卓に並んでからそのままに置かれてあったオレンジを食べだした。母の様子から、出発の準備をするにはまだ早いと思った奈美は、自分の分のお茶を飲み干すと知香を起こすために席を立った。もう出納帳は仕舞って、部屋の二階に上がる階段の傍に置かれてある、数年前に息子たちが買ったマッサージチェアに腰を下ろした敬子は、奈美がやって来たのに気づくと、「奈美ちゃんは、明日から仕事ばするってねえ」と言った。

「そうよ。草刈りの重労働したのに、翌日からはすぐまた仕事」と、奈美はさっき母に言ってから気に入っていた表現を敬子の前でも披露するのだった。「知香も一緒に、朝から出勤よ」

「重労働ねえ。草刈りばして、次の日にもまた仕事ばせないかんってねえ」と、敬子は笑いだす。「ばってん、遊んどるよりは働かんといかんもんねえ」そしてこう言うのだったが、当の敬子はといえば働くことの辛さを、殊に高齢となってからというもの折に触れて口にしない日はないのだった。「こがんまで生きるとはなあ、前は思いもせんじゃったよ、あちこち痛うして……こん歳でも早よからお客さんの来るけん暗いうちから起きださんといかんけんなあ」とは、彼女のお決まりの愚痴の一つだった。しかし、もっぱら島の老人たちにとって遊びは無為と結びつけて連想されるものであり、敬子もまたその例に洩れず若者が何もせずに居るよりは働いている方が好ましいと思っているのであった。そのため敬子の奈美を見つめている表情には笑みが浮かんでいるのであり、また奈美の方も相手の微笑を誘うために、わざと翌日の仕事を厭う口ぶりで言ったのだった。それから奈美は知香の傍に座ると、もう皆で帰り支度を始めているぞ、と仰向けの姿勢で目をつぶる従姉妹の耳元で囁いた。

「嘘ばっかり、ミーちゃんお茶飲むって言ってたじゃん」と知香は目を開けると言った。

「なん、起きとったと？」と奈美は口元に笑みを浮かべて言った。

「うん、さっきから……あれ、カメムシがどこかに居る？」

そう言って机から這い出るようにして身体を起こした知香は、自分の腕や、敬子が膝掛けに使っている丈の短い毛布の上を眺めながら、臭いがどこからやって来るのか探しだした。

「カメムシが居るって？」と、隣の部屋の声を聞きつけた美穂が訊いたが、すぐに「違う、うちが胡瓜ば切りよるけんやろ。その臭いよ、きっと」と加代子が大きな声で言う。「もう、あんたたちは風呂には入れんね。時間的に」

「うん、汗臭いまま帰るたい。姉ちゃんは入らんやったと？　入ったのは兄ちゃんだけ？」

「うん、ご飯作ってから入るよ。だって、お風呂入ってからフライパンば使ったら油臭くなってまた入らなじゃんね」

そう美穂たちが話しているところに、短い居眠りから目覚めた知香がやって来て、食卓に座ると、「これ、うちのコップ?」と奈美が使っていたのを手に取って言った。

「うんにゃ、誰か知らん。ほら」と、哲雄が自分の座るすぐ後ろの食器棚からグラスを一つ取って知香に渡した。そして「あれ、哲ちゃんはもうお風呂に入ったの?」と知香が訊いたのに「うん、もう入って、酒ば……いつもの焼酎ば飲みよる」と、酔いの回ってきた者らしい、充足した声で言った。

「意外と時間あったから、うちも入れば良かった。お風呂、せっかく自分たちで綺麗に洗ったのに」

そう言った知香の隣に、奈美がやって来て座りながら、「あんなに刈ったんだから、もう草は生えてこない?」と哲雄に向かって言った。

「ああ、もう当分は生えんやろ。来年まではすっきりしとるよ」と哲雄は満足そうに言った。

「ええ、たったの一年?」と奈美の方は不満げに、どうして伯父がそれで満足していられるのか理解しかねて、「じゃあまた一年経って草茫々やったら?」——

そう重ねて訊かずにはいられなかった。

「そりゃ、また来て刈らなたい」と、哲雄は事もなげに言った。

「除草剤撒こうよ。それか塩を」と奈美は言う。

「除草剤もおんなじたい、そがんとは、撒いても一年か半年しか効かんよ」

「だから、毎年撒けば良いじゃん」

「うんにゃ。除草剤げな、つまらん」

「草刈りする方がつまらんよ、ねえ？」と奈美は知香に言う。

奈美の言葉に哲雄は返事をせず、ただ鼻をならして笑うだけだった。

知香と奈美とが食卓のある部屋に来たのと入れ違いに、美穂は車を取りに行くと言って戸口から出ていったのだったが、やがて外からドアを閉める音がして、それから足音をさせながら部屋に戻って来た。「奈美、あれば……あれ、鯵の開きはどこ置いた？　あ、そこにあるね。それば後ろに積んで、それからうちの鞄も」と、戸を開けたまま矢継ぎ早に手伝うよう指図をした。「のんびりしとったら、もう船の着いとった」そう言っておいてから、今度は敬子の居るマッサージチェアに向かって「そしたら敬子婆、もう帰るけん。吉川の家の鍵、ここに戻しとくけんね」と大声で美穂は言うのだった。「いつもそうじゃん」と知香は言うのだったが、これは、慌てて準備を始めている妹の様子を見ていた哲雄が「やけにゆっくりでよかとねって思いよる頃に美穂は準備ばするけんな」と言って笑うのを受けたものだった。

「ほりゃ、奈美ちゃんと知香ちゃん、小遣いば……」

「間に合うやろか？　汽笛がいっちょん(少しも)聞こえんやったもんね」

「間に合わんやったら、船に戻って来いって大声で叫ばにゃ、岸で」

「そうよ、バックして戻って来いって叫ばないかん……これは違うよ、姉ちゃんとたいね」

「また、薬のあれ、無(の)うなったらさぃ」

「ねえ、知香は後ろで寝とくやろ？　お母さんのバッグも後ろに載せていい？」

「大きい方のはどこに載せても……うん、うちか、姉ちゃんで連れに来る」

「どうしぇ(どうして)、あんたん母さんの声の大きかね」

「そういう敬子婆ちゃんもけっこう大声やん」

「そしたら、姉ちゃんたち、また！」

「はいはい、気ぃ付けて帰りない！」と、台所で美穂たちを見送った加代子は言った――ちょうど一時に発するさまざまな声が塊となったまま、戸口から出ていった。だが、外の通路に面した磨りガラス越しにはまだ、その声の一団の着るそれぞれの色が揺れながらのろのろと動いていくのが見えていた。更に遅れて敬子が、せめて自分は店の外の道路までは見送ろうと、上がり口の下に放り出すように置かれたサンダルを履いて歩いていくのを、加代子と同様台所に残った哲雄は見るともなしに見ていた。襟のない茶色の上着に、脚をすっぽりと隠すスカートを穿いた格好で、それは哲雄にとって見慣れた姿だった。また、高く持ち上がらずに、地面に擦り付けるようにして歩く足取りや、首の後ろの皺や染みも見慣れていた。にもかかわらず、いつのまに母はこんなに年老いたのだろうかと不意に彼は思った。すると、その感慨の上に自らが定年を迎えた年齢であるという想念が重なり、そのまま彼の目はもう磨りガラスではなく、言語に属さないどこかへと自身の思い浮かべていたことが沈んでいくのを、ぼんやりと眺めているのであった。

　どうにか船に乗った美穂たちは、五時過ぎに平戸に着くと、すぐにそのまま福岡に向かって出発した。途中、道路沿いに建つ食べ物屋の看板が目に入るたび、助手席に座った奈美は美穂に向かって、どうしようか、晩の食事には良い時間ではないかと訊き、美穂も店で食べて帰っても良いがどうしようか、と考える。しかし、看板は、美穂が決めかねているあいだに、いつも通り過ぎてしまうのだった。知香は後部座席で、美穂と自身の持ってきていた鞄を枕代わりにして眠っていた。「あら、また寝とーじゃん」と、信号に捕まっているあいだに後ろを向いた美穂は言った。「昨日三時まで起きてライブ観とったたって言いよったもん」と奈美が、揺れるためにすっかり前髪で顔が隠れている知香の代わりに答えた。「誰かのライブがテレビでありよったと？」と言って、美穂はサービスエリアに入っていく道にハンドルを切った。乾物や酒や菓子といった土産や、近くで捕れる魚に野菜などを売る店が建っており、またトイレが広く綺麗なこともあって、美穂たちは島から福岡に帰る際にはいつもここに寄っていくのだった。

「知らん。スマホで観たっちゃない？」

　そう言って、エンジンを切って停まった車から降りた奈美は、黄色と藍色の混じったような空を見上げながら両腕を伸ばした。それから身体を左右に傾けると、開けたドアから後ろで寝入ったままの知香に「トイレ休憩！」と言った。

「まだ福岡じゃないの？」と呟きながら、従姉妹の声に大人しく従って降りてきた知香と一緒に、奈美はサービスエリアの端に建つトイレに歩いていった。それから特に買う物もないが、と立ち寄った店で特売のケーキを美穂が見つけて買い、甘い物よりも今はまた寝てしまいたいと言う知香をよそに、エンジンを切ったままの車内で奈美と二人で食べると、いよいよ日も落ちて辺りの暗くなってきた駐車場を再び出発した。

　足元に置いた鞄の中で、奈美の携帯電話の画面が光った。手に取り見れば、それは加代子から写真が送られてきたという知らせだった。つい二時間ばかり前まで居た台所で、顔を赤くして頬笑む哲雄と、その隣の椅子に腰掛けて、手にオレンジを持ち、さも「皮の固（かと）うして剝かれんね」と呟いてでもいるような表情のまま、目だけをカメラに向けている敬子を写す写真を、奈美は暗い車内で見た。

「姉ちゃんから？」と、ライトで照らされた道路を見ながら美穂が言う。

「敬子婆ちゃんと哲ちゃんの写真」

　そう言うと奈美は母の方に画面を向けた。しかし、ちらりと見たきり美穂はまた前方に視線を戻すと、「うん、暗くて見えん。お母さんの方にも後で送ってよ」と言った。

哲雄と敬子の写真の下には、どうやら草刈りを始める前に撮っておいたらしい写真も添えられていた。画面を指で撫でるようにして写真を大きく表示させると、真っ暗な車内で奈美の手元だけが明るく光り、青い空と緑色の葉に覆われた納屋の、色褪せた赤い屋根が浮かび上がった。奈美は二本の指を使って、写真の納屋だけを大きく表示させた。そして「これ、蔓?」と、さっき暗くて良く見えないと言っていたにもかかわらず、車が信号で停まったときに奈美は再び母に携帯電話の画面を向けた。このとき美穂は運転しながら、家に帰ってからのことを考えていた。知香と奈美を送り届けてから家に向かうとなれば、着くのは九時前だろう、と考えるのと同時に、今日の草刈りに同行せず、一日中酒を飲んで過ごしていただろう夫のことも、彼女は考えている。更にその夫が居間で酔い潰れて寝ている姿や、過度の飲酒によって生じつつある家政の懸念といったことが美穂の頭の中を領していた。そのため、奈美の差し出した写真が何を意味するのか、また何を訊かれたのか、数秒のあいだ彼女は分からずにいた。

「なん？　納屋じゃんね」と美穂は言った。

「うん、納屋の壁の蔓」

「蔓がどうしたと？」

「だから」と、どうやら母がまるで別のことに気を取られていたらしいと気づいた奈美は、より写真を大きくして、板壁を這う草が画面の中央に映るようにした。

「これ、蔓っていう植物なの？」

「蔓は植物の、そういう部分のことやろうもん。これは葛（カズラ）」

「ふうん。横のこれは？」と、また奈美は携帯電話を向けたまま訊く。

「ああ？　横のは……」と美穂は言うが、信号が変わったため答えるより前に運転の方に意識を向けた。「運転しよるけんさ、写真ば後で送ってよ」

「後でね。じゃあさ」と奈美はもう携帯電話を母の方には向けないで、画面を眺めながら言うのだった。「今日刈った草って、何種類くらいあったの？」

「何種類って、色々たいね」

「言える？　名前」

「言えるよ、まずは……」

そう言って美穂は少し考えるように唸ってから、「まずはほら、まず魚腥草（ドクダミ）、芝、それから、たしか虎杖（イタドリ）も生えとったじゃろ？　それに……」と、納屋の辺りに生えていた草を思い浮かべながら名前を挙げていく。「これは何て言うの？」と、奈美は幅広の葉が覆う緑一色の景色から、頭を出すようにして生える草を母に見せながら訊いた。「これ？　背高泡立草。ほら、横の道にも幾らでも生えとるやない。今は夜やけんあれやけど……」と美穂は言うと、またも自分たちの刈った草の名を数え上げ始めた、初めこそ物憂い口調だったのが、今は明らかにそうするのが、眠気覚ましになって良かろうと興がっている口調で。奈美は美穂の言葉を聞きながら、何の気なしに携帯電話で「セイタカアワダチソウ」と打ち、サイトや画像を検索した。確かに美穂の言う通り、納屋の周りに生えているのと同じ草が幾つも画像で表示されている。また奈美は、季節ごとに姿を現す野草の名前と、それに由来する花言葉が書かれたサイトを表示させた。「セイタカアワダチソウ（背高泡立草）。学名：ソリダゴ・カナデンシス（ソリダゴ・アルティシマ）」と書かれているのを読み、この長い学名はどこの言葉で、どういった意味があるのだろうか。殊に、二つあるらしいその名前のどちらにも付いているソリダゴには何の意味があるのか奈美は検索しようとしたが、止めて携帯電話を仕舞うと目を閉じた。その間にも美穂は草の名を挙げていく。萱(カヤ)が生え、すぐさま葛の青々とした大きな葉がその上を覆った。そして、島の者がそれぞれ「ギシギシにガネブって呼びよる」蓚(スイバ)と蝦蔓(エビヅル)が葛の葉のあいだからわずかに顔を覗かせる。また「草じゃないばってん、野薔薇(ノバラ)、あと紫陽花やろ？　それに秋茱萸(アキグミ)やろ？　あと水仙も生えとって、それは刈らんで……」緑に覆い尽くされた景色の中に、可憐で鮮やかな花がほしいままに伸び広がる草に追いやられるようにして隅に生え、その下の、日の当たりにくい、納屋の影が落ちる地面には片喰(カタバミ)に大葉子が、こちらは日光よりも、いつも土壌の湿っていることの方がありがたいとでも言いたげに、上へ背を伸ばしていく草を尻目に敷き詰められている。奈美は目を閉じた。菜切菅(ナキリスゲ)と引蓬(ヒキヨモギ)が大葉子の柔らかい葉の上に覆い被さり、緑一色の海に淡い部分と濃い部分の層を生み出すと、芹(セリ)が、浜菅(ハマスゲ)が、蟹釣草(カニツリグサ)がそれぞれ海面から突き出た島のように細い茎の集まりを空に向ける。薄(ススキ)、蠅毒草(ハエドクソウ)、常盤爆(トキワハゼ)といった草はといえば、彼等はコンクリートの道路の割れ目にまで迫り来り、納屋のすぐ裏手の方も、山肌に沿うようにして癇取草(カキドオシ)と藪虱(ヤブジラミ)が、またその下には蔓菜が蓍萩(メドハギ)

や刺草(イラクサ)と共に生い茂る。ほら、家族総出で草刈りしても、また茫々になっちゃった、と奈美は草に埋もれた納屋を眺めながら胸の内で呟くのだった。と、すっかり緑の中に埋もれた納屋に、わいわいと騒ぎながら美穂たちが歩いて来る。美穂は蛇が出てこないかと、恐る恐る草むらに足を踏み入れていき、一方の加代子はむしろ足音をさせて歩いた方が、蛇も気づいて逃げていくだろうと考えたらしく、大きな音をさせて長く伸びた茎の束を踏みながら歩いている。哲雄だけがコンクリートの道の上に立ったまま、どうにか草刈り機を良い具合になるよう肩に掛けるべく骨折っている。たちまちのうちに草は刈り取られていく。終わってから代わり映えのない愚痴や不満を洩らすために、納屋の前で他愛のない話をしながら美穂たちは刈る。その度に、納屋は姿を見せて、またすぐ草の海に埋もれる。蚊帳吊草(カヤツリグサ)、狗尾草(エノコログサ)、八重葎(ヤエムグラ)。そう、すっかり元通りになって、その度にこうして自分は草の名を訊き――奈美は大きく口を開けて欠伸(あくび)をした。

「それから……聞いとる？」

　美穂の声に、後ろで寝ていた知香が目を覚まして鞄から頭を上げた。暗い車内から前の夜景をじっと寝惚け眼で見つめ、数秒のあいだ彼女は固まったように同じ姿勢で居たが「ああ、そうか」と言い、その声に振り向いた奈美に笑いかけた。

「今帰ってたんだったね。これから草刈りに向かう夢を見てたから、びっくりした」

即日帰郷

島の村に、ひとりの男がいた。

彼は父と母、祖父と祖母、祖母の姉、それから妹といっしょに暮らしていた。島の磯からは離れた山間の村に家があったから、漁師として海に出るわけでもなく、かといって田畑に出るのでもなく——いや、ときどきは出ているのだった。けれど田植え、稲刈り、稲扱き、また麦と稗の収穫、椿の油搾り、芋掘りなどの忙しい時期であっても、気が向いたときにしか出向いてこず、村内の道や山の中をほっつきあるいては、だれも知らない、彼だけのお気に入りの場所に行ったり、あるいはそうでなければ蒲団や庭の納屋で、寝転がって毎日を過ごしていた。

勤勉とは言えなかった。けれど、親は彼のしたいようにさせていた。家の年寄りたちもおなじだった。それに妹も。ただ彼女は、学校の同輩たちから、兄のことでからかわれるのだけがいやでならなかった。しかし、どうしようもなかった。
　村の者たち――幼い者たちにとって、彼はひそかな挑戦の対象だった。道をあるいている彼を見かける。すると幼子たちは考えるのだった。いったいどんなことばを投げかければ、彼が振り向き、怒りだして、追いかけてくるのだろうか。それで、いろいろと奇妙なあだ名をつけて呼んだり、しつこく後ろをついて回ったりした。けれど、彼は一度も幼い子供たちの遊び相手にはならなかった。若い者たちにとって彼はいないも同然だった。ただ何人かの幼馴染だけが、家族同士の繋がりもあって彼に対して親切だったが、そうした者たちはこの数年でひとりもいなくなっていた。両親の世代にとっては他愛のない、同時にあわれみを催す存在だったが、その憐憫は彼に対してというよりも、彼の祖父母と、なによりも両親に向けられるのであった。いつまでもぴんしゃんとしていられるわけではないだろう。祖父母が死に、両親がいなくなったそのときに、彼はどうやって食べていくのだろう？　親戚たちだって、手厚く面倒を見てやることもできないだろうし……そんな村の者たちの、無遠慮かつ陰影をおびた視線に見送られながら、彼はすこしも気づくことなく道をあるいていく。どこにいくという目的があるのでもないが、強いていえば、坂道を登っていきたいと思っていた。息が上がり、頬や首の辺りが熱くなる感覚を味わい、腹を減らして家に帰ろうと彼は決めていたのである。

ある日、家に一通の封書が届いた。封書は父から母、祖父母、祖母の姉というぐあいに、つぎつぎと回覧された。そのとき彼は家の奥の座敷で寝入っていた。封書の内容を読んだ家族は、きっとこれはなにかのまちがいだろうと判断した。そしてこの判断というのは、べつに根拠のないものではなく、むしろ強固な確信のうえに成り立っているのだった。

母は、春先に息子を徴兵検査の会場へと連れていったさいに、入り口に立つ兵士から投げかけられたことばを忘れられなかった。あなたの息子さんのような者の検査は別室ですよ、そこで兵役免除のお墨付きがもらえます。兵士の言うことばの裏には侮辱と、わずかな同情の入り混ざった感情が張りついていたが、あえて母は表向きのほうだけを受け取ることにしたのだった——よかった、息子はこれまで通り村でいっしょに暮らせるのだ。

それなのに、期日までに入営せよという封書が届いたのである。どうして兵隊になんてやられるものか、よし大陸に渡ったとて、息子になにができるというんだと父は言い、母も年寄りたちも頷いてはおなじことばを口にした。まちがいである以上、それは正されねばならない。そう律儀に考えた両親は、それぞれ、役場と交渉することに詳しいひとのもとに相談に出かけていった。戦争がつづくさなか村にできていた団体の幹事――庄屋の家の出で、村内ではいちばん大きな屋敷を持つ壮年の男だったが、父は封書を手に、まちがいだろうとは思うが、時局柄なにが正しいのかわからない、だから単刀直入に感想を言ってもらいたい、と出迎えられるや話した。母のほうは、これも村に組織された団体の会合がちょうどあったから、そこで話した。会合といっても、それは村の寺や、漁師の網元などが取り仕切る講と似たようなもので、ただ役場からそういった団体を作るよう言われ、時局に合わせて物々しい名を付けた寄合いにすぎなかった。そこでは村の女たちがあつまって大陸に、台湾に、南方に、朝鮮や満洲の国境に散らばった夫や息子や、親戚や顔馴染みのユウ坊やケイ兄やカンちゃんといった者たちの無事を祈りながら、島の内外でなにが起きているかを伝え合っていた。

父の相談相手も、母の話を聞く者たちも、いちようにおなじことを言った。それはなにかのまちがいだとしか思えない、遊山にいくのとはちがうのだ、他人というものを一度もぶったことのない、あんな子を戦争にやるなんて、近ごろでこんなむごい話は聞かないぞ……父と母は、そう言われて安心し、これで紙切れのために思い悩むこともなくなったと確かめ合った。なお父は、幹事の男が話すうち口にした、ソクジツキキョウということばを母に教えた。男は父にこう話したのだった。だいじょうぶ、きっと兵営に入ったところで、寝起きするあいだに、あるいはおそくとも大陸に向けて出発するという段になって、どうもおかしいと向こう様も気づくはずだ、おまえの息子は呼び出され、そこで改めて剝き身にされて検査を受けるのだ、そして、なにをへらへらしとる、さっき言った数の合計がいくらになるのか早く言わんか、と呆れた軍医により、兵隊となる見込みのない者として、本来ならばおまえのような者は、営所の門をくぐった日のうちにソクジツキキョウだったのだ、こうして点検していなければ、大陸に向かう輸送船に乗せてしまうところだったと送り返される——そう父は、うれしそうに言うのだった、まるでそれが、自分たちにとっても息子にとっても名誉なことであるかのように。

村役場の職員でさえ、来訪した父と母のことばに同調した。書類上の混乱が誤った決定を導いたのでしょう、軍隊は言ってみれば役所の化け物みたいなものですからね、いまごろは訂正のための書類と判子が、お偉方の机の上をぐるぐるしてるところでしょうが、すぐにきっと片がついて応召免除ですよ。これですっかり話がついた。してみるならば、兵役の免除を知らせる封書もすぐにくるだろう――たしかにそうなのだ。村の中において、両親の疑問に賛同しない者はいなかった。しかし、村に息づくものとは異なる理路が、異常としか思えない理路が海の向こうには穿たれていた。海の向こうでは、ひとりの青年がどれだけ兵役に不向きか、どう生きてきて、いまのように村の中で過ごすにいたったのかを知ろうとする者などひとりもいなかった。ことばを知らないようだが返事はでき、成年に達し、体軀が発達していて、銃を荷うのに支障なく、曲がっても固まってもいない手足を振って数十キロを落伍せずにあるくことができるだろう。よろしい、ご奉公できる光栄に浴し敢闘せよ、いまは兵隊がひとりでも多いに越したことはないのだから。これが海の向こうの、そのずっと向こう、軍隊という機関に流れる理路だった。

両親にともなわれて彼は船に乗った。揺れる船の中で彼は、朝の暗い土間に居並ぶ年寄りたちが泣いていた光景を思い浮かべていた。ふだんは寝ている時刻に起き出てきた（あるいは一睡もできなかったのかもしれない）妹も、波止場まで見送りについてきながら、服の袖で涙を押しぬぐっていた。それからバスに乗り、汽車に乗り換えた。入営する場所にたどり着く前に、旅館で一泊した。慣れない蒲団の中で、彼は隣に寝る母が泣いている声を聞いた。母の向こうに蒲団を敷いた父が、なにか言って慰めていた。もうおれは帰りたくなったよ。彼は思った。きっと、辛いところに行かなければならないんだろう、こんなにみんなが泣いているんだから。

兵営の門前で両親は彼と別れた。それきりだった。

やがて父と母のもとには、大陸で命を落としたという報せがくるのだったが、また戦争が終わり、島に帰ってきた甥っ子によってもたらされた、復員の途中で偶然に知り合った者から聞かされたという最期の模様を、詳しく教えてもらった――同じ隊に居たと話すその者を信じるならば、瑣末な不始末の結果ひどく叱責された日の晩に、彼の心臓は眠りの中で止まったのだった――が、それはどちらも先の話ではあった。報せがくるまでは、彼が住んでいた家の中には嘆きが満ちていた。あまり嘆きが深く大きなものだったから、それは家の窓や戸口から、留めようもなくあふれ出ていった。庭を越え、家の前の道にははみ出し、やがて坂や崖を落ちていった。

彼らの隣近所に住む者たちは、どう慰めていいのかわからず、そればかりか自分たちも止めどない悲しみに呑みこまれることから逃れるために、戸を閉め切り、ついには家の土間から嘆きの塊が上がりこもうとしてくるものだから、二階で寝起きせねばならない始末だった。家の前の道から坂や崖を下っていった嘆きは、下の段々畑や鶏小屋にも流れこんだ。すると畑の土は、なにやらまとまりを失くした、崩れやすいものになり、鶏の群れはまるで鳴かず、活発でなくなってしまった。野菜の実りがわるくなり、卵を産まなくなるのを危惧した坂の下に住むひとびとは、木材を持ちだして（それは供出用に伐採したはいいが戦争の行方が知れなくなって放置されていたものだった）、嘆くのを止めない家族の家の前から、海に向かって一本の長い樋をこしらえた。ところで嘆きは透明な、さらさらとした水のようなものだった。それが雨の日も風の日も、絶えることなく樋の木目を濃く濡らしながら、音も立てず流れつづける。音はしないが、樋の傍に立ってじっと耳を傾けていると、風の吹く音や、蟬や鳶の鳴く声や、あるいは家々の窓から聞こえてくるラジオ中継や、村の祭りの太鼓や鉦の音に混じって、苦しかったのだろうか。それとも、苦しみもせず、嘘のように音も立てず死んだのだろうか。むごい。むごい。なんてむごい。どうして忘れられるだろうか。晴らせないこの悔いを、どこに持っていこうか。やはり墓の中のほかないのだろうか。墓の中といっても、あの子は帰ってこられるだろうか。知らない異国の土地で、成仏できぬまま立ち尽くしているんじゃないだろうか。そうであるに違いない、ぼんやりした子だから、帰る道を知らずあるきつづけているのだ。それなのに自分たちは生きていて、腹が減り、眠くなるのだから、やりきれない――こんな、ぼそぼそ、ぐずぐず、しょぼしょぼとした話し声が聞こえてくるのであった。

月日が経つにつれて、樋を流れる嘆きは減ってきだした。それでも、戦争が終わってからもかならずやってくる彼の命日と盆には、やはり坂を下って海に注いだ。戦争が終わって二十年して祖父母が相次いで死に、それから六年ほど生きた祖母の姉が死に、翌年に父が死に、ほかの者たちより長生きだった母が死んだ。

最後には妹だけ残り、夫とともに家に住んでいた。彼が死んでから八十年近く経っていたこともあり、さすがに妹はもう、祖母が死ぬすこしまえまで、また認知症になった母が、物事の一切を忘れ果ててしまうまえまで、なかば習慣的な要請に従うようにそうしていたのとは違って、嘆きはしなかった。

樋を流れ落ち、海に注いだ家族たちの嘆きはといえば、波打ち際のあぶくと混じり、しばらく湾の周りを漂い、やがて沖に一本の長い線を引きながら、どこにともなく向かっていった。平戸や生月といった近海の漁師たちが、霧の立ち込めるなかで夜釣りをしているさい、周りに一艘の船も見えず自分たちしかいないというのに、声がどこからともなく聞こえてくるという、怪談めいた話が語られるようになるのは戦後しばらくしてからだった。またその頃というのは大陸棚や二百海里ということばが、まだ他国に対する示威的な題目以上のものではなく、さまで取締船に追い散らされもしない時代だったが、しばしば近海までやってきていた韓国、中国の漁師たちも、漂う嘆きの細長い条を見つけることがあった。彼らの多くは親子で船に乗っていたから、最初に息子のほうが海上に嘆きを見出して、あれはなんだろうと父親に訊いた。父（それに祖父や母が乗船しているばあいもあった）のほうは、赤潮の類だろうかと思いながら船を寄せて、じきにそれがあの戦争に発する慨嘆がかたちを成したものだと気づくのだった。あざ笑う者もあれば、悲しみに同感する者もあった。そして、どちらであっても彼らは長い線の延びる一帯を離れながら、海にまであふれるほどなのだから、きっと嘆きの主は石にでもなってしまっているだろう、といわゆる古い伝説も世人の多くが一笑に付すが、あるいはさほど非現実に属したものでもないのだと感じ入るのだった。

それは年月を経ても一向に消えず、というのも、魚や貝や鯨といった生き物も食べようとしないからで、祖父に祖母、父に母のこの世に在ったころから毎年あらたな、しかし報せを受け取った日から寸分違わないことばの嘆きが、あとから続々と注ぎこまれてくるおかげで、ついには海の向こうにまで達していた。

彼は森の中の道をあるいていた。ひとでごった返した、手の上げ下げや声の出し方にいたるまで、いちいちちがう、もう一度やりなおすんだと責めつづけられ、泣こうが座りこもうが許してもらえない金網と塀で囲まれた建物から、自分がいつのまに外へと出てこられたのか、彼はわからなかった。ひとも車も通らない広い道に、気づいたときには立ち尽くしていた。それで彼は、ただ建物があるとおぼしき方向から、できるだけ離れることだけを一心に足を運びだしたのだった。じき入った森の中を進むと谷川があり、大きな岩を切り立てて造った窪(くぼ)みに、据えおかれた東屋に三人の老人があつまり休んでいた。その中のひとりの、生涯日焼けし通したような黒く厚い皮の上に、縦横に走る皺(しわ)が刻まれたかおをした老人が、彼を見とがめて立ち止まるよう言った。めずらしい、まださまよっているのがいたのか。東屋に近づいた彼の服を、足許(あしもと)からしげしげと眺めやった老人は、まともに視線をかおの上にとめると言った。そして、奪いたいだけ奪っていきやがって。そう罵りの声をあげるのだったが、彼のきょとんとした表情を見て、溜(ため)息(いき)をついた。あの国はおまえのような者まで戦いに出したのか！　それから、相変わらず言われていることがまるでわからないと言っているような彼のかおを、厳しく、同時に自分の心があわれみに引きこまれないよう抑えている者の目つきで見ていた老人は、道草をくわずに早く帰るよう言い、行き先を教えはじめた。老人に言われた通りの道をあるきつづけた彼は、海に注ぐ大きな河口に辿り着いた。海には白い条が一本、沖に向かって延びていた。彼がそれに目をやると、聞き慣れた声がした。もう電車も高速バスも船も必要がなかった。すこしも疲れず、汗ばみもせず、心臓が早く打たないのが、彼はいかにも不満だというように、これでは腹が減らないではないか、と思いながら海の上をあるきつづけ、遠くに見えだしてきた島の、青白く霞(かす)んだ影を彼は目指した。

　家族は、家の土間で彼を見迎えた。早く上がれ、靴を脱げ、荷を下ろせ、銃なんておそろしいものはどこへなりと捨ててしまえ、と四方から声が飛び交い、何本もの手が彼の腕や背中や肩を引っ張って、自分こそが先に歓待するのだと言わんばかりだった。仏壇の前に腰を下ろした彼は、くつろいだ、機嫌のいいかおをして、自分を囲む家族を眺めまわすのだった。父と母は、かつて幹事の男から聞いたことばを口にした。ああ言われたから安心したと思ったら、おまえが帰ってくるまでに、こんなに時間が経ってしまった、いったいこれのどこがソクジツキキョウだよ――そう話すのだったが、ことばは何度も途切れた。のべつ父と母が、心から充足したと言っているような溜息をつくためだった。彼のほうは、そのことばを聞いてもなんのことだかわからず、ショクジキキョウという名の花があるのか、うまそうな名前だがどこに咲いているのかなどと言って、年寄りたちを笑わせた。そうして彼は、自分がどうやって帰ってきたのかを話しだしたのだったが、横に座って聞く妹は、兄の言うことをみな知っていた、なぜなら、これがきのうの晩に蒲団に入ってから見ている、夢の中の景色であるとわかっていたから。また妹は、彼のことばに耳を傾ける年寄りたちの、しきりと相槌を打つために小刻みに揺れるかおを見ながら、自分や両親がすっかり年老いているのに、兄のほうは昔のままなのが奇妙で、しかしこれこそ当然なのだという、ふたつの相反した感慨が景色といっしょに融け合いだすのを感じてもいるのだった。

参考文献

「日本捕鯨史話」(『福本和夫著作集　第七巻　カラクリ技術史　捕鯨史』こぶし書房、二〇〇八年)

解説

倉本さおり

人が話している声を──言葉を「聞く」。

それは本来、思っているよりもずっと複雑で骨の折れる営みだ。

たとえばコンテンツとして用意されたニュース記事やＳＮＳ上を流れていく書き込みを読むのとは異なり、まずは相手の呼吸やテンポのほうにチューニングを合わせなければ輪郭をつかまえることもできない。言い間違いや言い淀み(よど)はもちろん、予期せぬ迂回(うかい)と脱線に次ぐ脱線、とらえどころのない含み笑いに、ふともたらされる深い沈黙。それらを含みこんだものをまるごと受けとめようと思えば、心も体もおおきく傾けることになる。

けれど、自分以外の人たちの存在を──すなわち「他者」を知るとは、そもそもそういう営みではなかっただろうか。倍速視聴やスキップ再生を通じて要領よく手に入れられるなにかとは別の姿をしたものではなかっただろうか。

古川真人はデビュー以来、人が生きてきた時間にじっと目をこらし、耳をすませつづけてきた作家だ。語りのなかでたゆたう時制。迂遠な筆の運び。当たり前のものとしてそこに息づく独特の方言。それら古川作品を象徴する、ややもすればてごわい特徴は、「他者」から生の豊かさを奪わないためのふるまいでもある。

二〇二〇年に芥川賞を受賞した表題作「背高泡立草」の主軸となる物語。それ自体の概要は非常にシンプルだ。舞台は九州、おそらくは長崎の離島。かれこれ二十年以上も捨て置かれたままでいる空き家の納屋の周囲に生い茂る雑草を刈りとるべく、親族たちが休日に集い、おしゃべりを交わす。ただそれだけ。プロットと呼ぶにはあまりに素朴な出来事に拍子抜けする読者もいるかもしれない。

作中に登場する親族のなかで孫世代にあたる奈美は、自分たちがぞろぞろと駆り出されることに不平まじりの疑問を抱いている。どうして雑草なんか刈る必要が？　今はもう一族の誰も使っていない「古か家」の納屋のために、わざわざ顔をつきあわせて手を動かすことになんの意味がある？――じつは「背高泡立草」

という小説自体が、この問いに対する長い長い応答と捉えることもできるのだ。

物語の幕があけるや、気の置けない者たちのおしゃべりが溢(あふ)れだす。たいがいは身内や隣人に対する愚痴や不満が糸口となるが、話はあちこちに飛び、いつのまにか笑みが芽吹き、言葉はどこまでものびやかに生い茂っていく。とりわけ威勢が良いのは奈美の母・美穂の声だ。仲良しの伯母が加わるとその声はますます勢いづき、奈美はそのありようを「まるで疲れを知らない馬の忙しく交互に踏み出される脚」（！）のようだなどと感じている。その後もめいめいが脈絡なく口をひらき、間髪いれずに誰かがその話題をでたらめに引き継ぐことで、とめどなくおしゃべりが続いていく。説明らしい説明もないまま喧噪と笑みだけが繁茂していく様子は、まさに「家族」という現象を体現したものだろう。だが、そこには得難く魅力的なおおらかさがある。関係性のなかで醸成される、ごく近しい空気感をつぶさに活写しながらも、読み手を締め出すような気配がまるでない。

同じ船に乗りあわせた、けれど体の内側ではそれぞれに異なる時間が流れている人びと。いうなれば古川の小説における「家族」とは、あくまでそうした姿を通じて描かれていくのだ。

本作において読者に開示される時間軸はひとつではない。親族のおしゃべりからこぼれ出た生家の由来や、ふと目に映った道具の顚末。それらをめぐる人びとの——奈美にとっては「他者」にあたる過去の人びとのエピソードが、草刈りに勤しむ現在の一族のパートと交互に挿入され、納屋の周辺に流れた時間が複層的にたちのぼっていく。

たとえば戦中、かつての一族が住んでいた「古か家」の、元の持ち主だった夫婦にまつわる挿話。赤子が生まれたばかりだというのに、夫は「外」から赴任してきた若い男性教師にくすぶる野心を焚きつけられ、妻の了解を得ないまま満州への移住を決めてしまう。入れ替わりに移り住んだ一家の長——すなわち一族の先祖は、良い状態で家が保たれている点を褒めたたえ、妻とその大叔母の仕事ぶりに賛辞を送る半面、熱に浮かされた夫の行動を執拗に嘲笑する。その嘲りの声に、今度は家長の孫にあたる少年が自らの未来の姿を重ねて傷ついている。

また、終戦直後に朝鮮へ帰ろうとした者たちの船が難破し、地元の人間たちの救助を経て、当の「古か家」の土間に招き入れられたときの挿話。あたかも人いきれに実際にあてられたかのような、緊密かつ迫真の描写が続く。その一方、遭難した男たちのうちのひとりは、いかにも家長然とした態度で厳めしく指示を出す老人の姿を、自分たちの文化にとっても「なじみ深い因習の体現者」だと微苦笑まじりに観察しながら、振り回される家の者たちにいくばくか同情してもいる。

これらの挿話に共通している、どこかふしぎな風通しのよさは、いずれも単一で安直な家族礼賛の誘惑を拒み、排他思想を注意ぶかく退けている点にある。描かれているのは「吉川家」の歴史ではなく、あくまで「古か家」の周囲に集い、通りすぎていった人びとが持ち寄った、時間の奥行きやふくらみのほうなのだ。

他にも、かつてこの地で盛んだった捕鯨の刃刺としての経験を見込まれて江戸時代に蝦夷へと渡った男の数奇な顚末など、一族とは直接のゆかりがない、さまざまな人物の生きた時間が読者に明かされていく。とりわけ傑作なのは、たまたまカヌーで島に辿り着いた福岡の少年のエピソードだ。中学の部活でたちの悪い先輩とつるんでいたばっかりにかつあげの共犯と見做されてしまったその少年は、家父長制を酒といっしょに飲み下したような父親からほとんど一方的に殴られてしまう。挙句、くだんのカヌーを唐突に買い与えられ、体力の続く限り遠くの海を渡ってくるよう、これまた一方的に言い渡される。このスタンドプレイの結末はぜひ実際に本文を読んで確かめてほしいのだが、待ち受けるのはキャッチーな家族ドラマの定型からはおおきく外れた景色だ。

何故草を刈る必要があるのか、という問い掛けからは、随分と遠いところにその答えのあるものなのだろう——そのことに奈美は思い至る一方で、しかし、そんなことはどうでも良いとも考えるのだった。なぜならば、美穂と加代子の考えや感じていることは、奈美にとって他人のものではなかったから。（118頁）

他人のものではない。自分とは無関係ではない、という感得。

まさに「家族」のありようを示す言葉だろうが、それは制度によって囲い込まれる感情のことではけっしてない。なぜなら古川の小説のまなざしは、社会のシステムからこぼれ落ち、弾き出されうる「他者」をつねに拾い上げていくからだ。

くだんの遭難者のひとりである朝鮮人の男は、招き入れられた「古か家」の片隅で、両親と海ではぐれたらしい子供の姿を目に留める。その後、芋粥の入った大きな丼を持たされた男は、自分のことで手一杯といった胸中のぼやきとは裏腹に子供の背中から手をまわし、自覚もないまま子供の口にばかり蓮華(れんげ)を運ぶ。その姿を捉える小説のまなざしは、小さき者に寄り添う姿をやわらかく言祝いでいるように映る。また、国家事業の一環で満州に渡った夫婦と、公儀による任用で北の果ての島に連れられた者たちの挿話からしずかに浮かびあがるのは、大きな力に巻き込まれ、やがて切り捨てられる運命にありながら「今、この場所」で精一杯に生きていた者たちの生活の痕だ。

古川真人は新潮新人賞を受賞したデビュー作「縫わんばならん」(『新潮』二〇一六年十一月号初出、のち新潮社刊)から、芥川賞を受賞した「背高泡立草」(『すばる』二〇一九年十月号初出)にいたるまで、九州の離島を故郷とする同じ一族の姿を描きつづけてきた。だが、古川が描いてきたものを単に「家族」の小説と定義してしまうと、いちばん大切な部分をとりこぼしてしまう。

たとえば「縫わんばならん」の冒頭、老いというものの影にすっかり生活を浸食されている八十四歳の女性の視点から、その「暮らし」のよるべない内実がおどろくほどリアルに描きつけられていく。また芥川賞候補にのぼった「四時過ぎの船」（『新潮』二〇一七年六月号初出、のち新潮社刊）では、認知症のためにまだらに混在する記憶に振り回されている祖母の視点と、全盲の兄のサポートをしながら暮らす無職の孫の視点が交互に綴（つづ）られていく。「おれはこれからどうなるんやろう」――自らの将来に対する不安と孤独に押しつぶされそうになっている孫の問いは、やがて物語を通じて「おれたちは、これからどうなるんやろう」という問いへと鮮やかに組み替えられる。それは、ままならない今を並走する「他者」の存在をほんとうの意味で認め、受け入れる過程にほかならない。

　新刊『ギフトライフ』（新潮社、二〇二三年三月刊行予定）では、安楽死と生前贈与が制度化され、人の生の価値がポイントとして合理的に消費されることが常識となった社会（！）を描き、大きな話題となった。一見すると従来の作風の印象を覆すようなディストピアＳＦだが、根底にある願いは同じだろう。

　古川の小説の豊かさは、他者に耳をすますことの意味を体現している。

（くらもと・さおり　書評家）

集英社文庫

背高泡立草（せいたかあわだちそう）

2023年3月25日　第1刷　　定価はカバーに表示してあります。

著　者　古川真人（ふるかわ まこと）

発行者　樋口尚也

発行所　株式会社 集英社
東京都千代田区一ツ橋2-5-10　〒101-8050
電話　【編集部】03-3230-6095
【読者係】03-3230-6080
【販売部】03-3230-6393（書店専用）

印　刷　中央精版印刷株式会社　株式会社美松堂

製　本　中央精版印刷株式会社

フォーマットデザイン　アリヤマデザインストア　　マークデザイン　居山浩二

ISBN978-4-08-744496-4 C0193